UN JOUR POUR DEVENIR UN ARGONAUTE

漢詩の手帖

いつかたこぶねになる日

小津夜景

素粒社

はじめに

今日、自転車を漕ぎながら、詩っていいものだな、と思いました。いったい詩のどこをいいと思ったのかというと、なんといってもその短さです。短いおかげで忙しくても自分のペースでつきあえるし、暗唱だってできる。そしていったん暗唱してしまえば、料理をしていようと、シャワーをあびていようと、車窓をながめていようと、本を売ってしまおうといっこうに困らない。

そんないいところのある詩の世界から漢詩ばかりをみつくろい、その黴臭(かび)いイメージをさっと片手でぬぐって、業界のしきたりを気にせず、専門知識にもこだわらない、わたし流のつきあい方を一冊にまとめたのが、いまあなたの手にしている本です。それぞれの作品には日々の暮らしや思いつきをつづった文章を添え、漢詩とわたしとの表向きの距離感がみえるようにしました。雑学好きの方のために、ざっくばらんに語った翻訳論や定型論などもはさんであります。あとわたしはふだん俳句を書いているので、漢詩にからめた俳句連作も折り込みました。収録作品は、おおざっぱに分類してこんな感じです。

【生活にまつわるもの】
食べものについて、調理法について、味わいについて、水の真理について、ビオトープについて、昆虫の仕事について、別荘のすごし方について、道具の使い回し術について。

【社会にまつわるもの】
闘う女性について、獄中詩について、左遷について、地方の貧困について、江戸時代の広告について、明治時代の洋行について。

【芸術ないし思想にまつわるもの】

極薄性（アンフラマンス）について、まぼろしと傷について、絵画と没入について、鏡と自己について、定型とコラージュについて、文字と無について、ケンブリッジと漢詩、ブレイクと漢詩、シェリーと漢詩、王朝系サウンド屈指の名盤について、詩とはなにかについて。

【人生にまつわるもの】

すぎゆく時間について、愛する者の死について、夜の閨房（けいぼう）について、春の夜のひとときについて、仙人稼業について、隠棲（いんせい）の夢について、老いについて、人間がどこから来てどこへ去ってゆくのかについて、読書への愛についてなど。

詩人たちの国籍は中国と日本が半々くらい。年齢は原則として満年齢で統一しています。翻訳はできるかぎり原典に忠実であることを心がけ、常用漢字外の漢字および音訓を含む語には各篇ごとにルビをふりました。もしもこの本が、あなたならではの漢詩とのつきあい方を発見し、漢詩のある日常を自由にデザインするきっかけになったとしたらとても嬉しく思います。

扉写真／著者

目次

いつかたこぶねになる日

沖をながめながら、タコについて考えている。

午前の海はがらんとしている。岩場に釣り竿を立て、折りたたみ椅子にのんびり腰かけている老人と、その横でぶらぶらしている少年がいるくらいだ。なんだかあっけないな。今日は祝日だから、もっとたくさん人がいるかと思ったのに。

ゆうべからタコのことが頭から離れない。タコの動画をまとめて観たせいだ。タコはかわいい。しかも非凡だ。おまけに孤独を愛するライフスタイルをつらぬいている。タコは巣穴でひとり暮らしをし、毎日気の向くままにあそびにいく。道具を使って巣穴を自分らしく飾りつける。椰子の実をカプセルハウスとしてたずさえるタコもいる。
　そういえば、たこぶねという種類のタコは、地中海の宮殿のような貝殻を住まいにしていた。アン・モロウ・リンドバーグ『海からの贈物』にはこんなふうに書かれている。
「浜辺で見られる世界の住人の中に、稀にしか出会わない、珍しいのがいて、たこぶねはその貝と少しも結び付いていない。貝は実際は、子供のための揺籃であって、母のたこぶねはこれを抱えて海の表面に浮び上がり、そこで卵が孵って、子供たちは泳ぎ去り、母のたこぶねは貝を捨てて新しい生活を始める。私はこのたこぶねのそういう仮の住居を専門家の蒐集でしか見たことがないが、その生き方が提供する影像に非常な魅力を感じる。半透明で、ギリシャの柱のように美しい溝が幾筋か付いているこの白い貝は、昔の人たちが乗った舟も同様に軽くて、未知の海に向っていつでも出帆することができる」（吉田健一訳）
　わたしの母は「わたしは国禁を犯してでも、あなたを外に送り出すから。早ければ十五歳で」と幼い娘に向かって言うような人だったので、わたしは小学生のころにはすでに、自分は十五歳で脱藩するのだという覚悟をもっていた。これっぽっちもじょうだんでなく。「未知の世界に漕ぎ出せば、そりゃあ死ぬかもしれないけれど、でも自由を知ることができるのよ、あなたが死んでもおかあさんはがまんするから、遠慮なく好きなところに行きなさい」と言われたことも一度や二度ではない。

こんな言葉を娘に向かって言うのは、それだけ当時が女性にとってむずかしい時代だった証拠だ。きっと母自身が好きなところへ行きたかったのだろう。

知り合いに、母国の大学を卒業したあとニューヨークに留学し、いまは画家をやっているドイツ人女性がいる。彼女はわたしよりずっと年上で、ニューヨークには大西洋を船でわたった。フランスのル・アーヴルに両親と汽車で入り、ニューヨーク行き旅客船に乗り込んだ彼女は、波止場にたたずむ両親を甲板から見つめながら、彼らとふたたび会うことはないかもしれないと思うと涙が止まらなかったそうで、それを聞いたときは失礼ながら笑ってしまったのだけれど、もちろんみじんも笑うところのない話である。おそらく「船で海をわたる」という状況に、ゆりかごとしての祖国から肉体をむりやり引きはがす、通過儀礼的な痛みがあったに違いないのだから。わたしもその痛みを知っている。しかも痛みがぶりかえすことのないよう、いまもって胸に鍵をかけたままだ。

さらにむかしにさかのぼると、女子教育には家長たる父親の意向が大きく反映していた。またその内実はあくまで自己修身としてのものにとどまり、娘がひろい世界へ出てゆくことを見すえた父親はきわめてまれだった。

ただしなんにでも例外はある。たとえば江戸時代を生きた原采蘋（はらさいひん）は男装・帯刀で各地を旅したといわれているが、どうしてそのような人生を送ったのかというと、そこには父である古処（こしょ）の思惑があった。

原古処は古文辞学を修めた、筑前秋月藩の藩校の教授だった人物だ。それが寛政異学の禁をきっかけにして、朱子学以外を講じる学者の立場がしだいに危うくなっていったのに加え、一八一〇（文化七）年から一八一二（文化九）年にかけて起こった秋月藩の政変の結果、采蘋が十五歳のときに職をうしない、儒者の資格も剥奪されてしまう。そこで古処はどうしたかというと、家名をここでつぶすわけにはいかないと奮い立ち、二人の息子たちをさしおいて、わが子の中でもっとも見込みのあった采蘋に、原家再興のために江戸に上って日本一の漢詩人になるよう命じたのである。当時の女性の社会的地位を考えれば気の狂ったような決断だ。

九州一円での七年にわたる修行を終えた采蘋が、ふるさとを旅立つ日の心境を書いた詩が残っている。

乙酉（いつゆう）一月二十三日、郷を発（た）つ　　原采蘋

夜あけに起き　父母に礼をして
新年　郷里を出発する
門の前では手ずから植えた柳が
ひときわ別れを惜しんでゆれる
祖先に供物をささげて長寿を祈る
父と母が元気でありますように
旅する私も無事でありますように
ぐっと干す　鯨にまたがって盃（さかずき）を

乙酉正月廿三日、発郷

夙起拝高堂
新年出故郷
門前手栽柳
殊繋離情長
朝献后天寿
使我二尊昌
行人亦安穏
一飲騎鯨觴

ぐっと干す　鯨にまたがって盃を　　一飲騎鯨觴
この旅への気魂がみなぎってきた　　此行気色揚
とはいえ　私は二十八　　唯我二十八
孔明が南陽を出た歳を思うと愧じ入るのだ　　愧亮出南陽

これからの旅は身ひとつなのだ、との覚悟を感じさせる飾り気のなさが、この詩にふつふつとした生命力をあたえている。どんな困難にも立ち向かう勇気をもって、諸葛亮とおのれを比べる大胆さにもほれぼれしてしまう。ちなみに諸葛亮が「三顧の礼」をつくした劉備の願いに応えて南陽を出たのは二十七歳。惜しくもわずか一歳の遅れだ。

「高堂」は両親のこと。「柳」は別離をあらわすモチーフ。「一飲騎鯨觴」は采蘋の敬愛する李白が「海上騎鯨客」と自称したことをよりどころに、未知の海原を臆せずわたってゆく彼女自身を描いている。同じ言葉を二回となえるようすはみずからに言い聞かせるふうでもあり、傷つきやすい誇りに満ちた、はじまったばかりの人生のまぶしさ——たとえその生涯を放浪の末にとじることになろうとも——を感じさせてやまない。

『海からの贈物』は、アン・モロウ・リンドバーグがいっとき家庭を離れて島の家を借り、浜辺で拾った貝殻を材料に、夜な夜な思いめぐらしたことをつむいだ随筆集で、各章には「浜辺」「ほら貝」「つめた貝」「日の出貝」「牡蠣」「たこぶね」「幾つかの貝」「浜辺を振返って」と題がついている。簡素の美しさを告げる「ほら貝」、孤独のたいせつさを教える「つめた貝」、結婚当初のつかのまの完璧な自足を思わせる「日の出貝」、そのあとの長い涵養（かんよう）の時間を手ほどきする「牡蠣」、そして涵養の果てに殻を捨て去って、ふたたび身ひとつで海へと泳ぎだす「たこぶね」。こうした貝からあたえられるイメージを書き連ねることによって、女性が自由に生きるためにはなにが必要なのか、その暮らし方をアンは見つめ直すのだ。

時の年輪がつくりあげた美しい殻を惜しげもなく脱ぎ捨て、人生の後半をたこぶねのように、さらなる未知の世界へ泳ぎだしたいという願い。一介のタコとして生き直したいという願い。この美しい願いが、しかし叶えるにはほんの少しむずかしいことをいまのわたしはよく知っている。

ふいに潮の香り。コルシカ行きの黄色い船が、ゆっくりと沖を通りすぎる。アルミ製のクーラーバッグに、きらきらひかる鯛(たい)を投げ入れた少年が、老人に向かって歓喜の声を上げた。

それが海であるというだけで

わたしの暮らす南フランス地方は、明るい太陽、豊かな自然、美しい景観、そして素朴な活気に満ちあふれた生活が魅力ということになっていて、フランスにおける癒しの記号として世界中のメディアでしばしばとりあげられる。

この「南仏と癒し」という見立ては古くから存在するわけではない。その起源は近代ナショナリズムの台頭と関係していて、文学的表象としてはアルフォンス・ドーデ『風車小屋だより』が大流行の引き金となった。自分たちの起源としての桃源郷を再発見するような言説の流行は、大なり小なりどの国にもおそらくあっただろう。ただフランスがほかと違うのは、この言説がよその国の人びとをも魅了したことである。ドーデ以後も南仏ブームは周期的に発生し、わたしがまだ日本にいたころは、「本当の生活、生きる歓びを求めてロンドンを引き払い、プロヴァンスに移り住んだ元広告マンが綴る珠玉のエッセイ」と帯に謳われたピーター・メイル『南仏プロヴァンスの12か月』が世界を席巻し、消費的心理にそれとなく根ざしたあこがれを人びとに提供していた。

　土地というものが面倒臭いのはこういうところである。つまり、その表象が怪しい物語と結びつきがちなのだ。でも海はそうじゃない。海は人に所有されていない、少なくとも土地のようには。わたしは地中海を愛しているけれど、それは北海を愛したり、オホーツク海を愛したりするのとまったく同じで、ちょうどいま目のまえにあるこの海を愛しているにすぎない。そこにはほかとの優劣がなく、また起源も誇らない。それが海であるというだけで愛するに足る——これが海のいいところだ。仮に、人間の歴史の厚みを海に見るとしても、それは海辺で生きた当事者たちの歴史を見るのであって、夢のような物語が創造されたりはしない。まっさきに海で出くわすもの、それは波が、風が、鳥が、存在を軋ませるかのような物音を立てながら、たがいの表面をこすりあわせて気配をたしかめあうといった、けっして人に手なずけることのできない無情の風景である。

　こうした文脈とはまた別に、純粋に海が嫌いな人というのがいる。たとえば先日、野鳥愛好家で知られる中西悟堂の『フクロウと雷』を読んでいたら、中西は海が苦手で、ながめていると倦怠感に引き込まれると書いてあった。

　これはわたしも実感としてよくわかる。海のもたらす憂鬱の核心は、寄せ返す波が同質の時間を無限に引きのばしてゆくことの恐怖に由来している。つまり海は、懲罰性をはらんだ倒錯的な死の時間を、その波間に隠しもっているのだ。

　いや、もちろん海は楽しい。ただその快楽に、嘔吐を誘うような憂鬱がゆらゆら貼りついているという、ここがくせもので油断ができない。快楽と憂鬱のヴェールはどちらが表でどちらが裏といった向きがなく、たがいの面はひだとなってたわみ、めくれ、うやむやになる。このうやむやのために、海ではエロスとタナトスとがたわむれあい、たがいをいなしあい、一歩間違ったら人が死ぬのだ。

　また海をながめるときの嘔吐感は、そこにいると永遠という名の退屈さといやがおうでも向き合わざるをえないことにも関係しているだろう。ピーター・トゥーヒー

『退屈　息もつかせぬその歴史』によれば、退屈とは世界から疎外されたときに感じる空虚であり、セネカが『道徳書簡集』においてそれを「吐き気」とたとえた時代からの長い伝統がある。もちろんあの有名なサルトル『嘔吐』もこの末裔だ。

海が垣間みせる永遠の面影は、人生の短さと対比されるとき、さらに恐ろしいものになる。ここでわたしが思い出すのは一九七〇年代初頭、李賀の詩集をバックパックにつめこんで日本を発ち、単身でユーラシア大陸を横断した沢木耕太郎のノンフィクション『深夜特急』のことだ。この本の終盤に、ギリシアからイタリアまで、地中海を船でわたるくだりがある。疲労が限界に達し、なにも感じなくなった「僕」は、長い旅のおわりを予感しながら旅することの意味を船上で自問自答しつづけ、とうとう自分という存在が有限であること、すなわち死すべき存在であることをはっきりと悟る。そして「取り返しのつかない刻が過ぎていってしまったのではないかという痛切な思いが胸をかすめ」、大いなる空虚と無力感の中で、甲板から泡立つ地中海に黄金色の酒をそそぐ——これが『深夜特急』のクライマックスだ。またそのときの心境を「僕」はこのようにつづる。「飛光よ、飛光よ、汝（なんじ）に一杯の酒をすすめん、と。その時、僕もまた、過ぎ去っていく刻へ一杯の酒をすすめようとしていたのかもしれません」

昼が短すぎる　李賀

飛び去る光よ　飛び去る光よ
おまえに一杯の酒を捧げよう
俺は知らない　蒼天（そうてん）の高さも
大地の厚みも
ただ見えるのは　寒い月と暖かい日とが
かわるがわる人の命を削ってゆくさま
熊を食えば太り
蛙を食えば痩せ

苦昼短

飛光飛光
勧爾一杯酒
吾不識青天高
黄地厚
唯見月寒日暖
来煎人寿
食熊則肥
食蛙則痩

神君は　どこにいる
太一は　どこにいる
東の犬　若木の下では
竜が太陽をくわえている
俺はそいつの足を斬り
肉に食らいつこうとする
朝が来ても太陽がめぐらぬように
夜が来てもしずまぬように
そうすれば老人は死なず
若者は嘆かず
もはや黄金を服し
白玉（はくぎょく）を呑む必要もない——
だれが任公子（じんこうし）のように
碧（あお）いろばで雲を駆けるというのか

神君何在
太一安有
天東有若木
下置銜燭竜
吾将斬竜足
嚼竜肉
使之朝不得廻
夜不得伏
自然老者不死
少者不哭
何為服黄金
呑白玉
誰似任公子
雲中騎碧驢

漢の劉徹(りゅうてつ)も　茂陵(もりょう)に散らばる骨と化した　　劉徹茂陵多滞骨
秦の嬴政(えいせい)も　棺(ひつぎ)に魚の干物をつめられた　　嬴政梓棺費鮑魚

なんという鮮烈な詩だろう。「神君」は漢の武帝が祀(まつ)った天上界の神。「太一」はその中の最高神。「竜」は古代、太陽をくわえて空をとぶと考えられていた。「任公子」は『荘子』外物篇にみえる仙術を修めた巨人で、ここでは時間の超越者のたとえ。「劉徹」は漢の武帝で「茂陵」はその墓。「嬴政」は秦の始皇帝で「鮑魚」は魚のひもの。始皇帝は旅先で死んだため、死臭を周囲に悟られぬよう、棺をのせた車に魚のひものをいっしょに詰め込んで都に還(かえ)ったとの話が『史記』にある。

ほんの二十六歳で夭折(ようせつ)した李賀の激情は、すぎゆく時間とのすさまじい対峙(たいじ)とつねに一体となっていた。沢木はみずからの激情を、そんな李賀と一杯の酒を介して共有したかったのだろう。またその行動が、紺碧(こんぺき)の海と黄金の酒といった、透きとおりつつ輝くものの前に捧げられたこともなにかを暗示していそうだ。たとえば、人間は闇にあらがいうる、だがまばゆい光の前では、もはや白旗を上げるよりほかないのかもしれない、とか。

こんなことを書いていたら、そろそろ海をながめたくなってきた。わたしは部屋を出て、アパルトマンの裏手へ回った。新型コロナウイルス騒ぎで人影のとだえた海岸道路の、中央分離帯の芝がぽわぽわのびて花畑になっている。ちょうどロックダウン中で芝の刈り手がいないのである。

中央分離帯の向こう、まぶしい陽の下にひろがる静かな海は大きな布に似ていた。無窮のかなたをもおおいつくす青い布だ。風は海を愛しているようだった。光も影も海とたわむれたがっていた。誰に言うほどのこともない雑念が胸に起こり、すぐさまかすり傷のようなごりに変わった。生まれたての記憶、とわたしは思った。それは真新しすぎて、まだなにが刻まれたのかさえ判別できない、あまりにやわらかな記憶だった。わたしは海をながめつづけた。永遠をめぐる虚薄な気配が、わたしをとり囲んでいるのがわかった。

釣りと同じようにすばらしいこと

ある休日、朝市を通りかかると、こんもりと茂った樹の下に「壊レタ目ザマシ時計売リマス。メルシー」と書かれたイーゼル看板が立っていた。

看板のかたわらには、丸い椅子に腰かける男性が一名。その足元にはダンボールが一箱。目があったので、ボンジュール・ムッシューとあいさつし、ダンボール箱の中を覗(のぞ)きこむ。古い目ざまし時計がおもちゃみたいにごったがえしている。

「これ、ほんとに壊れているんですか」

「もちろん。どれも五十サンチームです。おひとついかがでしょう」

名刺よりも小さな目ざまし時計を三つ購入して帰宅する。時計の表面に消しゴムをかけ、文字盤のみぞの汚れをつまようじで掻き出し、仕上げにアルコールで拭く。そしてテーブルの上に、単五電池を入れた三つの時計と、いつも使用しているブラウンの目ざまし時計をならべ、四つの時計の針を見比べてみる。だんだん針がずれてくる。ふむ。しっかり壊れてるね。わたしは台所へ行き、挽きたてのコーヒーを淹れたカップと蜂蜜を塗ったワッフルをお盆にのせて居間にもどった。

四つの時計は、すっかりばらばらの時間を指している。

コーヒーを飲んでいて、ふと、こんなふうにばらばらの時を奏でる時計に囲まれて一服するのは、ものすごく瞑想的なリクリエーションなんじゃないか、との思いにかられる。この言いまわしはわたしの造語ではない。伝承・随想・歌を織りまぜつつ、釣りの快楽とその技術を指南したアイザック・ウォルトン『釣魚大全』の副題が「瞑想的人間のリクリエーション」というのだ。「釣りの聖書」とも称せられるこの本はのんびりとした時間の流れが持ち味で、釣師・猟師・鷹匠がそれぞれの趣味を大いに自慢しあう第一章は、とりわけ素朴な語り口になっている。

もっともこの本の悠々自適さは、『釣魚大全』が刊行された一六五三年において安息日のリクリエーションが禁じられていたことを考えれば、ウォルトンのまつろわぬ精神の表れに違いない。ウォルトンは英国王ジェームズ一世の公布した「遊戯の書」が国家的罪悪として糾弾され、焚書にあったのをその目で見ていたし、さらに魚釣りは当時たいへん卑しい行為とされてもいた。こうした数々の社会的風潮に立ち向かい、ウォルトンは探究心や待つことの修練の果てにひろがる釣りの世界の醍醐味を「瞑想的人間のリクリエーション」と名づけ、その文体込みで説こうとしたのである。

この瞑想性という観念は、ものを書くときにも役立つ心がまえだ。いったい瞑想性とはなにか。それは論理にも共感にも頼らずに、つまり読み手を覚醒させたり酩酊させたりするいとなみから遠ざかって、ただみずからの行為に没頭、集中するといった持続的直観のことである。もちろんこれをもっとシンプルに、詩的態度と呼んだってかまわない。深くありながら浅くもあり、真剣でありながらたわいのない境地。そういった感覚をひねもす探求し、根気よくつきつめてゆくのは、たぶん釣りと同じようにすばらしいことだろう。

ブラウンの目ざまし時計が正午を指した。昼ごはんは、ほうれん草入りのフェットチーネを茹（ゆ）でることにする。フェットチーネは朝市で手に入れた生麺である。具は冷蔵庫にあったベーコンを削（そ）ぎ、ベランダに茂っているバジルを摘んだ。

槐（えんじゅ）の葉のひやむぎ　杜甫（とほ）

あおあおとしたのっぽの槐の葉を
摘みとって台所にもっていく
近くの市場からつきたての麺が届いたので
槐の葉をすりつぶした汁と滓（かす）を練りこむ
三本足の鉄釜に入れて強火で茹であげれば
いくらでも食えるし悩みも消える
箸に照り映えるのはあざやかなエメラルドの
ひやむぎと蘆（あし）の芽入りのまぜごはん
歯にさわると麺は雪よりつめたくて

槐葉冷淘

青青高槐葉
采掇付中厨
新麺来近市
汁滓宛相倶
入鼎資過熟
加餐愁欲無
碧鮮倶照筋
香飯兼苞蘆
経歯冷於雪

これを人に勧めるのは真珠をやるに等しい
ああ、黄金で飾った駿馬（しゅんめ）に乗って
駆けて、駆けて、絢爛（けんらん）の宮殿に捧げてきたい
とおい道のりを思うとたどりつけるか不安だが
この深き味わい、やはり天子に食べさせたい
むかしの人もたわいなく芹（せり）を献じたり
つまらない藻草を薦めたりしたけれど
万里の向こうの露寒殿（ろかんでん）には
氷をとりだす清らかな玉壺（ぎょっこ）があるのだから
天子が納涼をなさる晩には
この味こそが出番になると思うのだ

勧人投比珠
願随金腰褭
走置錦屠蘇
路遠思恐泥
興深終不渝
献芹則小小
薦藻明区区
万里露寒殿
開氷清玉壺
君王納涼晩
此味亦時須

ふとこんな詩が頭をよぎった。槐の葉のひやむぎがフェットチーネ、つまりいわゆるきしめんのすがたをしているからだろう。日本で槐といえば、ニセアカシアこと針

槐の新芽をおひたしやあえものにして食べるくらいで、ひやむぎに入れるというのは聞いたことがない。青木正児『華国風味』によれば、槐の葉のひやむぎは夏の風物として絶好の佳味とのことで、つくり方は槐の葉をすりつぶして汁をとり、その汁で麺をこね、薄く伸ばして糸に刻み、強火で茹で、冷水に投じ、皿に盛って好みの汁で楽しむ。それに対して杜甫のつくり方は「汁滓宛相倶」なので、汁も滓もいっしょくたにこねるようだ。

「金腰褭」は金で飾った駿馬。腰褭はいにしえの馬の名前らしい。「錦屠蘇」は美しく飾られた天子の御殿。「献芹」は『列子』にみえる、物を贈ることをへりくだっていう語。「薦藻」は、まごころさえあれば、水草でつくった料理でも王公にすすめることができるという意味で『春秋左氏伝』をふまえている。

この詩は、素朴なよろこびをあらわにしてひやむぎを食べているのが、あの杜甫だというだけで感動に値する。この人については中学の漢文の授業で「李白は明るい天才、杜甫はまじめな秀才」といった図式を植えつけられることが多く、わたしもその図式の後遺症で三十歳をすぎるまでまともに作品を読んだことがなかった。いったいどこの世界に、まじめな秀才の詩をすすんで読みたがる者がいるというのか。だから杜甫が、こんなにもうきうきしながらおいしいものを褒めちぎる人だと知ったときは衝撃で、ああ、風評を鵜呑(うの)みにしてごめんよ、とおのれのうかつさに泣きぬれてしまった。

それにしても、李白と杜甫をならべて「天才肌と努力家」というのは説明としていかがなものだろう。あまりにも杜甫に分が悪すぎやしないか。それでわたしは「李白と杜甫ってどうなの?」とおおざっぱに訊(き)かれたときは「李白は遊戯性に優れ、杜甫は批評性が強みだよ」とか「李白は雰囲気と音色がすばらしい反面、題材の幅がせまくて、どの詩も同じ曲を聴いているような退屈さがあるの。杜甫は発想が自由で、語彙が多く表現に厚みがあるけれど、テーマ主義の面がとっつきにくいかな。ともあれ、どちらも読んでみれば、すごく個性的な人たちだってわかるよ」といった感じで説明するようにしている。

そうこうしているうちに、ほうれん草のフェットチーネが茹であがった。わたしはエメラルド色の麺をざっと湯切りしてフライパンに移し、ベーコンとニンニクを浅く炒めたオリーヴオイルとからめ、皿に盛ってたっぷりのバジルを添えた。遊戯性と批評性。どちらも捨てがたい魅力である。もしも釣りのように両方を兼ね備えていれば、なおのこと申し分ないだろう。

虹をたずねる舟（パント）

高校生のとき、英語の教育実習生として、北方領土からユーリ先生がやってきた。ユーリ先生はもうすぐ二十八歳で、不死身の兵士みたいにいかつい体つきをしている。眼光はするどく、片頬に刃物の古傷があり、めったに自分から喋らない。

あの先生、お休みの日はなにしてるのかなあ。引っ込み思案だし、あんがい一日中部屋にいたりして。

いらぬ心配をつのらせたわたしは、翌週の授業のあと、阿寒湖畔や摩周湖といった近場の観光地をユーリ先生に教えた。するとユーリ先生は風土が似ていることに関心をもったのか、硫黄と温泉が豊富でおまけにヒグマもいるという択捉（エトロフ）島の話をはじめた。そしてそのまま校舎の裏にある蝦夷桜(えぞざくら)の下で、先生と二人でお弁当を食べる流れになった。

「言葉とか、いろいろ、つらくないですか」

かたことの英語でたずねつつ、チャーリーブラウンの弁当箱をひらく。ふたの上に、ぽとん、と枝から毛虫が落ちる。葉桜の季節だ。

「少しね。でも島には仕事がないし、日本で英語の先生になれたらいいなと思っているんだ」

購買のカツサンドをほおばりながら、ユーリ先生が言う。

「じゃあ、先生はずっと無職？」

「いや。賭博場で働いているよ」

ユーリ先生はお尻のポケットから手帳をとりだすと、カードのように頁(ページ)をめくって一枚の写真を引き抜いた。横から覗(のぞ)きこむと、そこにはオホーツクの見なれた風景が写っていた。

人は生まれる場所を選べない。自分も炭鉱の町に生まれ、知らない土地をめぐるうちにすっかり小さな実存主義者づいて、よわい九つにもなると、山も谷もない吹きさらしの原野から、ソ連の監視船がゆきかう海をはるか遠くにながめては、なぜ自分はここにいるのか、なぜ自分は生きているのか、と考えない日はなかった。

不条理という言葉を覚え、ふしぎな親しみを感じたのも同じころだ。この世界しか知らないのに、別世界をさまよっている感じがぬぐえなかったわたしに、その言葉はかすかな、それでいてゆるぎない光をもたらした。そしてその光へといたる道に咲きほこる孤独と郷愁、詩と思弁、狂気と笑いといった花々の香りを、すでにおわったできごとのように回想した。ところが――

キーン、コーン、カーン、コーン……。

「あ」

「行こうか」

ユーリ先生が立ち上がった。わたしはチャーリーブラウンの弁当箱を袋にしまいそのあとを追った。ユーリ先生と別れ、教室にもどる途中で水飲み場に寄り、手を洗うために蛇口をひねった。

冷たい水がわっといきおいよくほとばしった。

水しぶきが織りなす六月の光と虹。ふいに胸の中から、だが虹は不死身である、不条理の世界においてさえも、という声が聞こえた。

高校の教育実習は三週間でおわり、ユーリ先生とはそれきり一度も会っていない。それきり、は日々のまんなかを流れる川だ。生きていれば別れがあるし、もっとありのままにいえば、この世界ではうしなわれるものだけが目のまえにあらわれる。

でもそれならば、あのとき水飲み場で耳にした不死身の虹とはなんだったのだろう。わたしは首をかしげた。

ふたたび、さよならケンブリッジ　徐志摩（じょしま）　再別康橋

そっと僕は立ち去ろう　軽軽的我走了
来たときのように　そっと　正如我軽軽的来

僕はそっと手をふって
　さよならする　西の空の雲に

金色に染まる岸辺の柳は
　夕日にたたずむ若き花嫁
きらめく波にあやなす影が
　僕の心にゆらめいている

やわらかな泥に生えたみずはこべが
　つやつやと水底にたなびいている
カム川のやさしいうねりに僕は
　あらがえずして一本の水草になった！

あの楡(にれ)の木陰の淵(ふち)がたたえるのは

我軽軽的招手
　作別西天的雲彩

那河畔的金柳
　是夕陽中的新娘
波光裏的艶影
　在我的心頭蕩漾

軟泥上的青荇
　油油的在水底招揺
在康河的柔波裏
　我甘心做一条水草！

那楡蔭下的一潭

清らかな泉ではなく天空の虹
浮き草のあわいでもみしだかれ
沈んでゆくのは虹のような夢

夢をたずねようか？　長い棹（さお）をさして
青い草むらよりもっと青いところへと
ゆるやかにさかのぼり
舟（パント）いっぱい星をしきつめ
星明かりのなか　僕はうたう

ただし僕は声を立てない
静けさこそ別れの調べなのだから
夏の虫も僕のために口をつぐむ
今宵（こよい）のケンブリッジは沈黙の舞台だ！

不是清泉、是天上虹
揉碎在浮藻間
沈澱着彩虹似的夢

尋夢？撐一支長篙
向青草更青処漫溯
満載一船星輝
在星輝斑斕裏放歌

但我不能放歌
悄悄是別離的笙簫
夏虫也為我沈默
沈默是今晩的康橋！

ひそかに僕は立ち去ろう
来たときのように　ひそかに
僕はひらりと袖をふって
ひときれの雲さえ持ち帰らない

悄悄的我走了
正如我悄悄的来
我揮一揮衣袖
不帯去一片雲彩

徐志摩が「青荇」とした草は、中国では見かけない植物で、張葵「カム川畔の『青荇』を探す──『志摩草』はこのようにして生まれた──」（加藤阿幸、兵頭和美訳）によれば、英語で water-starwort の俗称をもつ。日本語ではみずはこべというらしいが、水星草、と直訳してみるのもこの詩にふさわしいのではないか、と張葵は述べている。

浮き草にもまれ、くしゃくしゃになって、水底にしずんでもなお、虹の光彩をうしなわない夢というもの。この、あたかも醒めることを禁じられているかのような夢の起源をたずね、星くずをしきつめた舟で川をさかのぼるとき、世界はなにも語らぬおももちで詩人をそっと囲いこみ沈黙の言葉をつむぐ。詩人は詩人で、はるか遠くからこちらを向いて立っている別れが、舟の進む速度でしだいにそのきらめきを増してくるのを感じながら、声なき歌を胸いっぱいにうたうのだ。

結局、虹のような夢の起源には、たどりついたのだろうか。

徐志摩は一八九七年生まれ。ケンブリッジ大学留学中に文学に目ざめ、帰国後は「新月」を刊行、中国の新詩運動の祖となった。彼がこの詩を書いたのは三度目の当地訪問の折で、その三年後、旅客機の墜落事故で三十四年の生涯をとじた。現在、ケンブリッジを流れるカム川のキングス橋のたもとには、この詩を刻んだ白亜の石碑が建っている。

翻訳とクラブアップル

中国の漢詩が海外文学であることに気づいていない人はあんがい多い。理由はひとつ。読み下し文というものがあるせいだ。

漢文の訓読（原文に助詞などを補い、日本語の文法構造にそって読み直すこと）はそもそも古代からある習慣で、はじめは翻訳でなく、あくまで解釈の技術だった。それが返り点などの補助記号が考案され、読み下し方が流派ごとに定まって、しだいに漢文訓読体とよばれる文体として定着してゆくのである。

たんなる解釈の技術だったものがいっぱしの文体を手に入れたとき、いったいなにが起こったかというと、まるで読み下し文がそのまま翻訳であるかのような空気ができあがった。とはいえ、読み下しただけで意味が正確にわかる漢詩はまずないから、漢詩の本をひらくと、読み下し文の横にさらに和訳がついている。で、この和訳がまた、ほかの外国詩とは似て非なるしろもので、味わいに欠けていたり、ときに日本語として変だったりするのだけれど、漢詩には読み下した時点で翻訳がおわったという了解があるので、そんなふうになっている。

もっとも漢文訓読という方法そのものは、ものすごく面白い発明に違いない。たとえば川本皓嗣は「漢文訓読とは何か―翻訳論と比較文化論の視点から」の中で、漢文訓読にまつわる一連の流れを即席翻訳法、いまでいう機械翻訳システムの開発だったと述べ、これがあったせいで日本人は、中国語で音読せず日本語にも翻訳せずといった独特の距離感で漢文とつきあってきたのだ、と説明する。

この翻訳法は即席だけあって、原文の漢字をそのままそっくり活用するといった手軽さが売りだ。ふつう翻訳するときは「これは日本語でなんというのだろう」と頭を悩ませないといけないけれど、漢文訓読ではそうしたことを思いわずらうことなく、目のまえの漢字をならべかえさえすればいい。この翻訳法は文法解析についても一流で、ならべかえの順序は専門家たちによってだいたいマニュアル化されている。

効率性および文法解析にすぐれる一方、問題なのが日本語としての意味があやしい点だと思う。このあたりの話は例が多すぎてかえってややこしいのだけれど、一番わかりやすい例を出すと、中国語の「湯」は日本語で「スープ」のことで、中国語の「鮎」は日本語で「ナマズ」のことで……といったふうに、両者の言語のあいだには文字が同じでも意味の違うものがたくさんある。ところが漢文訓読ではもとの漢字をそのまま使うから、正しく読み下したところで日本語として成り立っていない事態がしょっちゅう起こるのだ。

じゃあどうして日本人は、意味のわからない読み下し文に、ふむふむと耳をかたむけてきたのか。これは漢文訓読体が堂々とした独特の美をもつからといった音楽的理由が大きい。さらに、漢文で書かれた原典はいわば聖典であり、知識人たちにとっては秘語だった方が権威に酔えるし、一般人にとってはふわっと感覚できればそれでじゅうぶんだったという舞台裏もからんでいる。お経なんて漢文の比じゃなく、ほんとにひとつもわからないのに誰も不服をとなえない。漢詩もそれと似ていて、わたしも日ごろはごたぶんにもれず、響きの美しいフレーズだけを楽しみ、なんとなくわかりそうな気分にひたれるところだけを読んでいる「ふわっと派」だ。

漢語の意味があやふやなのはむかしも同じだったようで、平安時代には文選読（もんぜんよ）みという訓読スタイルが誕生した。文選読みとは、ひとつの漢語を音と訓で二度続けて読むこと。平安時代後期の算道家・三善為康（みよしのためやす）の書いた、当時の子ども向け参考書『童蒙頌韻（どうもうしょういん）』の冒頭を文選読みしてみる。

東風　トウフウのひがしのかぜふいて
凍融　トウユウとこほりとく
紅虹　コウコウのくれなゐのにじ
空霎　クウシウとそらにしぐるる

こんなふうに、まずは漢字を音で読み、つぎに「の」「と」「に」などをはさんで訓読する。ついでに書くと「二度とふたたび」「面とむかって」「既にもう」なども文選読みで、このへんは重言と変わらない。芸能の世界では戦後も語りの手法として残り、トニー谷のトニングリッシュには英日の文選読みが多用されている。

マウント・イースト・東山、
サーティーシックス・三十六峰、
クワエット　スリーピング・タイム、
ここ三条ブリッジ・イン・ザ・京都シティ、
幕末勤王佐幕・タイム。
突然サドンリー・ハップン起こるはチャンバラサウンド。

（トニー谷「チャンバラ・マンボ」）

ところで英仏の漢詩翻訳はどうかというと、日本のようにこみいったいきさつがないぶん、かなり根っこがのびのびしている。さいきんは、ジャオシェン・ワン訳の李清照（りせいしょう）全集をひらいたら「詞牌　好事近」が Tune : Happiness Approaches と訳されていて思わず胸がきゅんとしてしまった。「詞牌」とは曲調のことで、「好事近」は数ある詞牌の中の一名称である。この名称は作品の形式（字数や行数、抑揚のつけ方や韻のふみ方など）を指定する符牒（ふちょう）で、作品の内容とは無関係。そのため日本語ではこれを訳さずに「詞牌　好事近」とそのままにしておくのがふつうなのだけれど、ハピネス・アプローチズという英訳があまりにすてきだったので、わたしも真似してみたのがこちら。

曲調「幸福が近づく」

ソリチュード　李清照

風が鎮まり　散った花は深々と
御簾（みす）の向こうで紅を抱き　雪のようにつもっている
永遠（とわ）に覚えている　海棠（かいどう）が咲いたあとの景色を
それはまさに　春の嘆きそのものだった

詞牌「好事近」

寂寞

風定落花深
簾外擁紅堆雪
長記海棠開後
正傷春時節

酒は尽き　歌は止み　翡翠（ひすい）の杯は空となり
ランプの青いともし火が　心もとなくゆれている
ぼんやり夢をみていても　秘めた怨（うら）みは抑えがたい
そこへひと声　ほととぎすが啼（な）いた

酒闌歌罷玉尊空
青缸暗明滅
魂夢不堪幽怨
更一声啼鴂

李清照は北宋から南宋にかけての詞人（詞とは曲をともなう漢詩のこと）で、この作品は彼女が夫と生き別れになったのちのものらしい。情念を描いていても清廉な感覚が保たれ、志が高く、真珠のごとき気品さえ感じられる。かつて青木正児は『琴棊書画』の中で、詩論における「神韻」の「韻」の字は、音声にかんする字ではあるものの、その中に潜むのは「声（ひびき）」ではなくむしろ「香（におい）」であろうと述べたけれど、李清照の作風をひとことで言い表すならば、この「香」の字がふさわしいと思う。

ちなみにワンは「海棠」を「クラブアップルの花」と訳していて、わたしはそれにも胸がきゅんとしてしまった。わたしの中でクラブアップルといえば『赤毛のアン』の舞台、プリンス・エドワード島の「歓（よろこ）びの白い道」なのだ。クラブアップルの砂糖漬けは、子どものころすごく食べてみたかった幻の味のひとつで、大人になってから、父が実家の庭先で育てている海棠がクラブアップルだと知ったときは、うそ、こんなすぐそばにあったの、と拍子抜けしてしまった。海棠はバラ科リンゴ属の中ではとくに美しい花をつけ、観賞用に栽植される。父はその果実で、毎年砂糖漬けではなく海棠酒をつくっているのだった。

とりのすくものす

シニョンを編むのがすごく上手い友人がいる。

ふだんは洗いざらしのままなのだけれど、さっとごはんを食べるとか、ちょっとしたメモをとるとか、なんらかのしかるべき状況になると、心ここにあらずの表情で髪の毛をわしゃわしゃっと搔(か)きまわし、乱れているようでいて実はととのった鳥の巣っぽい造形に一瞬で仕上げてしまうのだ。

鳥の巣シニョンを編むには、手先の器用さだけでなく毛質も重要だ。友人の髪の毛はへなへなとうねり、つまむと芯がなくぺしゃんこで、蜘蛛(くも)の糸のように細くやわらかい。

シャーロン・ビールズ『鳥の巣　50個の巣と50種の鳥たち』はその副題どおり、ほんものの鳥の巣と卵の写真に、それぞれの鳥のイラストが添えられた写真集で、鳥そのものを観察するよりもその素顔がなまなましく伝わってくる。この写真集とは原書で出会い、たちまち心を奪われてしまった。で、なにが書かれているのかよくわからないままながめているうちに、鳥の習性をもっと知りたいし、巣の造営についての解説も読みたいしで、ついにがまんができなくなって日本語版を手に入れ、それからもうずっと手のとどくところにある。

博物学者スコット・ヴァイデンソウルによる序文にはこう書かれている。「僕が子供の頃、母はブロンドの髪を腰にかかるくらい長くのばしていた。春、そして夏の夕暮れ時になると、裏庭のポーチに座って、鳥のさえずりに囲まれながら、その長い髪を丁寧にとかしていた。そしてとかし終わると、ブラシについた長さ1メートルほどの薄い色の髪をとり、ポーチの階段のかたわらの格子に伸びるバラの茂みにそっと置いていた。それからしばらくして、僕は鳥のことを調べるようになり、近所に生息する、ほとんどのチャガシラヒメドリが——ここ、アメリカでは馬のたてがみをつかって巣を作ることで知られている鳥なのだけれど――母の髪で美しく編んだ金色の器の中に卵を産んでいるのを見つけた」
長い髪をときほぐし、薔薇（ばら）の茂みにおく母親と、その髪で巣をこしらえるチャガシラヒメドリ。小さな庭の物語を描いた、なんてすてきな思い出だろう。鳥を追いかける生涯を、こんな美しい起源からはじめることができたスコット・ヴァイデンソウルは幸福な学者だ。

鳥の巣の造形は、鳥ごとに、豊かな違いがある。そしてどれも独特で、無造作で、優雅だ。アメリカツリスガラは枝を使ってゆるい土台をこしらえたあと、蜘蛛の糸をめぐらせて苔や地衣を固定し、羽、花、葉などを飾りつける。カワリハタオリは夫婦で力を合わせて、内側と外側から同時にもじゃもじゃの細い草を編み上げ、ラッパ型の口がついた蒸留フラスコ型の巣ができあがると、それを垂れ下がった枝にぶらさげる。オニアジサシは地面に穴を掘り、石、海藻、貝殻、小さな流木などを寄せ集めて海辺に棲（す）まう。近所の砂原でこれを見たときは、こんな無防備な巣がこの世にあるのかと目をみはった。
ごくまれに、巣の中には卵ではなく、死んでしまった雛の骨がある。ゆりかごから墓場までという合い言葉が英語にあるけれど、とべなかった雛は、生まれた巣がそのまま棺となるのだ。

巣をつくるとき、集めた巣材を蜘蛛の糸で綴じる鳥はことのほか多い。なかでもエナガはこだわりが強く、おびただしい数の苔のかけらを蜘蛛の巣で巻き固めるのだけれど、それだけでは飽き足りないのか、さらに数百の蜘蛛の繭からじかに糸を引き抜いてきて、楕円の玉のかたちをした巣をこしらえる。エナガが繭から少しずつ糸を引き抜くようすは手つむぎそのものだ。きっと人間は、糸をつむぐという行為をエナガから学んだのだろう。

エナガには遠くおよばないものの、わたしも蜘蛛の糸にはそこそこ好みがある。鳥の巣シニョンではないけれど、くしゃくしゃっとして、ベランダの物干し竿にこぼれ残ったような、破れて風に吹かれている巣に惹かれてしまうのだ。でもだからといって建築的な造形美が嫌いというわけではない。つぎの詩みたいに、宇宙のふしぎさを感じさせる巣も好きだ。

蜘蛛の巣づくりを見る　島田忠臣（しまだのただおみ）

日暮れ　蜘蛛が巣をつくっている
目を編むのになぜたった一本の糸を材料とするのだろう
骨組みがきれいで　君のしわざとは信じがたく
織機（おりき）もつかわずに　誰が引いた糸なのかこれは
秋の寒さに露をつらねて　珠玉をとおした紐（ひも）となり
風の払った花をくっつけ　綾絹（あやぎぬ）の帷（とばり）みたいにゆれる
四方に結びついて　つゆも獲物を逃がさないけれど
殷の湯王（とうおう）を思えば　抜け道を残しておくのが理想だ

見蜘蛛作糸

蜘蛛作網日昏時
結目何唯一縷資
能設紀綱非汝術
不因機杼是誰糸
秋寒綴露牽珠貫
風払黏花動綵帷
四面密成終未漏
殷湯合有祝来詞

「機杼」は機織。「殷湯」は殷の湯王。『十八史略』によると湯王は慈悲の心にあふれた人物で、天地の禽獣（きんじゅう）を殺めつくすことのないよう、張り網の三面をほどいた状態で獲物を待ったといわれる。またそのさい湯王がとなえた「祝来詞」は「左に右に逃げたいものはそれぞれ左に右に、そのほかはわが網に来て入れ」という台詞（せりふ）だったそうだ。島田忠臣は平安前期の詩人で、「学問の神様」と称される菅原道真の先生にして岳父でもあった人である。

忠臣の生きた平安時代、蜘蛛の巣は吉凶を占う道具とされ、また詩歌の伝統においては独り暮らしのわびしさの象徴であったり、思い乱れる心の比喩であったり、荒廃した風景を演出したりするのが定石だった。ところが忠臣は、その種の連想からさりげなく身をかわし、自然の中に見つけたひとつの驚異として蜘蛛の巣をながめてみせる。そして現象の背後にある摂理に思いを馳（は）せながら、その恐るべき妙工をクロースアップで描くのだ。蜘蛛の巣を観察するこの忠臣のすがたに、スコット・ヴァイデンソウルの少年時代のエピソードに通じる無垢性を感じるのは、きっとわたしだけではないだろう。

この詩は客観と主観が、おたがいの持ち味を損なうことなく響き合っているところに味わいがあるけれど、それにもまして味わい深いのが、おしまいの蜘蛛の仕事ぶりを史実と照らし合わせるくだりだ。忠臣は、その存在の内側から世界を創造する神さながらに、蜘蛛がその体内からつむぎ出した一本の糸でこしらえた建築を観察し、宇宙の美や完全なるものの存在をそこに直観したうえで、しかしただ完全であるだけでは真の理想には足りない部分がある、それが慈愛の心だと書く。理想とする世界を天意と人為、物象と心象との均衡の中にさぐるこうした姿勢は、忠臣のしなやかな知性をいまによく伝えている。

この詩を知ってから、蜘蛛の巣に小さな虫がくっついているのを見かけるたび、その虫の命のゆくえが、うっすら頭をよぎるようになった。蜘蛛の巣にくっついた虫はぴくりとも動かないことが多い。眠っているのだろうか。それとも死んでいるのだろうか。わたしは死について考えてみる。するととらえどころのない漠たるものが目のまえにひろがる。わたしにわかること、それは死ぬことよりも考えることの方がずっとさみしく、また考えることよりも在ることの方がずっと悲しいといった、日常をつらぬく背骨だけだったのだ。

今朝、窓をあけると、また蜘蛛のいない巣があった。わたしはまだなにもおとずれた形跡のない蜘蛛の巣をやぶりすてた。それからベランダのテーブルに鏡をおいて、ていねいに髪をとかすと、いたって平凡なシニョンにそれをまとめあげた。わたしは一日の中で朝がもっとも好きである。すがすがしい朝の光は、存在の悲しみを、つかのま忘れさせてくれる。また朝の光は、言葉の秩序においては夜の闇との対立に押しやられながらも、この世界の秩序においてはけっして離れ離れにならないと誓った恋人たちのように、闇と固く抱き合い、消え去り、胸に残る。

タヌキのごちそう

ササキさんはメーキャップアーティストから占い師までさまざまな職業を転々としたあと、いったいどういった伝手なのか、京都のとある公園を管理する団体の役付きに収まったイカサマ師っぽい人である。いつも同じ色のシャツと灰色のズボンを身につけ、仕事を休むのはお正月の三が日だけ、あとはずっと公園をうろついているといった生活で、もしいま生きていたら八十歳をこえている。

「はじめまして、わたしがササキです。これからかんたんな面接試験をします。第一問。はるのその、くれないにおう、もものはな。はい、このあとにはどんな言葉が続くでしょうか」

「したでるみちに、いでたつおとめ」

「正解です」

「この職場にぴったりな試験ですね」

「まさか。こんな質問、ほかの子にしたことないよ。あんたが答えられそうだから出しだんだ。僕は自分の勘をためすために、相手がかならず答えられると思った問題を出そうと決めているんです」

　これが履歴書持参で面接におもむき、ササキさんとはじめて交わした会話である。このときから怪しげな匂いはしてはいたけれど、働きだしてからもやはりササキさんは変な人で、なにより女性陣に気味悪がられていたのが、夏になるとセミのぬけがらをスーパーのレジ袋に入れて、職場で持ち歩いていたことだった。

　セミのぬけがらを仕事中に持ち歩く人というのは、そこそこめずらしい部類に入るかもしれないとわたしも思う。それでササキさんとふたりきりになったとき、なんのために毎日セミのぬけがらを持ち歩いているのですか、とたずねてみた。するとササキさんは、なに、タヌキのごはんさ、タヌキはセミのぬけがらがごちそうなんだと説明し、いきなり目を丸くして、そうだ、あんたもやってみるかい、と言った。

次の日から、セミのぬけがらを竹箒（たけぼうき）でかきあつめてはスーパーのレジ袋に移し、ササキさんに献上するという任務がはじまった。ササキさんは公園の一角にある旧宮邸の前庭にタヌキたちがあそびにくると、セミのぬけがらをタヌキたちの足元に撒いたり、手ずから食べさせたりした。な。かわいいだろ。女性陣に嫌がられながらもセミのぬけがらをたずさえ、地面にしゃがんでタヌキをかわいがるササキさんとの時間がわたしは少しも嫌いじゃなかった。

森銑三『新橋の狸先生　私の近世畸人伝』に、江戸新橋に住んでいた占い師・成田狸庵（りあん）の逸話がある。狸庵はタヌキとあそぶのがなにより好きで、タヌキとの時間をつくるため、二十代で武士をやめて新橋の易者になった。そしてタヌキの看板を出し、夏はタヌキ柄の浴衣を着て、冬はタヌキの皮衣をはおり、タヌキの掛物を床の間にかけ、タヌキを膝元にはべらせてタヌキの今様（いまよう）を歌い、タヌキの百態を自在に描いては惜しげもなく人にやり、『狸説』という書物をものし、タヌキの出てくる夢日記をつけ、七十五年にわたる夢のようなタヌキとの生涯をおえた。で、この狸庵が、タヌキの好物はダボハゼであると言う。「狸庵の家の狸も、その後年が立つにつれて、また新しいのが加わったりして、多い時には六、七匹いたことなどもあったのでした。そうなりますと食物の世話だけでも大変です。狸庵は自分で投網を持って、築地や、鉄砲洲や、深川などへ、狸の御馳走の魚を取りに行きましたが、狸はダボハゼが大好きなので、狸庵もそれだけを目当てとしまして、外の魚はどんなのが網にはいっても、それらは惜し気もなく棄てて帰って来るのでした」

なんということだろう。なんでも知っていたササキさんだけれど、ダボハゼの話をしているのは聞いたことがない。ああ、教えてあげたかった。

当時のササキさんの知識によると、タヌキはスーパーのいちごも好物である。野いちごはどうかというと、あいにく公園には生っていなかったのでわからない。でも草いちごや熊いちごはじゅうぶんに甘いし、旬ともなれば熱に浮かされたようにむしゃむしゃ食べるのではないだろうか。熱に浮かされるといえば、ササキさんがタヌキとあそんでいた旧宮邸から歩いてすぐのところに東三条殿の跡があって、ここに住んでいた藤原忠通（ふじわらのただみち）も野いちごに目がなかった。

野いちごの詩　　藤原忠通

夏が来るとやみつきになるのが野いちご
どれだけむさぼっても飽きることがない
味は霊薬にあやかる理想的なおいしさで
色は青草にきわだつ純な紅を帯びている
まん丸い真珠のなりで　わんさと生垣に生り
寒い日の熾火（おきび）みたいに　きりりと酒杯に乗る
酒を飲み　詩を吟じ　歌舞を奏しながら
山と盛ったこの珍果にいつしか悩みも消えた

賦覆盆子

夏来偏愛覆盆子
他事又無楽不窮
味似金丹旁感美
色分青草只呈紅
真珠万顆周墻下
寒火一鑪孤盞中
酌酒言詩歌舞処
満盈珍物自愁空

「覆盆子」は野いちご。ごたいそうな表記である。平安時代の人も同じことを感じていたようで、清少納言も『枕草子』の一四九段に「見るとなんてことないけど、文字に書くと大げさなもの。覆盆子」と書いている。「他事無」は熱中すること。「金丹」は不老不死の薬。「盞」は小さなさかずきだ。

　作者の藤原忠通は平安時代末期の貴族で、歌人や書家としてもよく知られている。摂政、関白、太政大臣（だじょうだいじん）すべて経験ずみの平安エリートだったこともあって、誰それより和歌がうまいだの、漢詩がすごいだのと、生前はみんなから過剰にちやほやされていたようだけれど、そうしたおべんちゃらをすべて割り引いても、このように魅力的な詩を書く人である。また書家としては法性寺（ほっしょうじ）流の祖となっており、摂関家としてはめずらしく、この人を中心とした歌会や詩会が催されていたというのも、まったくふしぎな感じがしない。

　忠通は野いちごの味の上品さのみならず、純な赤さや、玉のような丸さや、炭の熾火さながらの凜（りん）とした透明感を愛していたようだ。とくに野いちごの神がかり的な透明感を「寒火」で表現したのは冴（さ）えているし、これだけ褒めちぎっても褒めすぎにならない野いちご自体の実力もすごい。あとこの詩はおしまいが少し弱いというか、いかにも漢詩あるあるふうにみえるのだけれど、つかみのエッセイっぽい入り方や、タイトルのかわいらしさとの相乗効果で、むしろこの平凡さが長所になっているとわたしは思う。

だいたい忠通の詩にかぎらず、いちごとか、さくらんぼとか、そういったものをうたうときは、下手にかっこつけないほうがいいのだ。どうしたってかっこつけられるわけがない、なにしろ『古今著聞集』にある、源頼朝が近江国の守山で狩りをしていたら野いちごの実が盛りだったのを見て、舅（しゅうと）の北条時政と交わした即興連歌ですらかわいらしいのだから。ちなみにこのとき時政の詠んだ長句は、

もる山のいちごさかしくなりにけり

で、すかさず頼朝は、

むばらがいかにうれしかるらん

の短句をつけた。むばらとは茨のこと。つまり「茨もどれほど嬉しい気分だろうね」と応えたわけだ。ほんものの時政と頼朝がかわいらしいなんて、たぶん、きっと、ありえないけれど、頼朝のこの素直な返しにも、詠物がいちごだからこそのほのぼのとした喜悦がこもっている。そしてまた、いまにして思えば、職場で変人あつかいされていたササキさんも、いちごの話をするときはほんのり悲しくなるくらいかわいらしかったものだ。

おのれの分身と連れ添う鳥

マルセル・デュシャンと聞いてなにを思い浮かべるかは人それぞれだ。わたしならレディメイドである。あとは、糸や、硝子（ガラス）や、埃（ほこり）や、空気や、匂いや、響きや、いろいろな素材に魔法をかけて、それらをことごとく「自作」にしてしまった人、といったイメージだろうか。

そんなデュシャンにかんしてよく耳にする話題に、つまり彼はなにを創造していたのか、といった問いがある。こうした問いに過不足なく答えるにはそれなりの経緯を追わねばならず、下手をするとこのエッセイにもどれなくなるのでいまはその原点のみをかいつまむと、この人は物体の〈影と運動〉を創造していた。

デュシャンにかんしてざんねんなのは、運動はともかく、影が出ないように撮影された図版の多いことだ。このような図版は、デュシャン自身の語る制作目的のひとつが対象から影をとりだすことだったことからいってなにも映っていないに等しく、見る側からしても味気ない。

デュシャンにとって、対象から影をとりだすことは、物体が影と連れ添うときに両者のあいだにうっすらと立ちのぼるゆらぎ、北山研二の表現を借りれば「誤差のかくれんぼみたいなもの」をつかまえる試みだった。デュシャンはこの「誤差のかくれんぼみたいなもの」を、現前と不在とのあいだにひそむ一瞬の差とか、別次元の乱入する場とか、見え隠れする異次元とか、感覚ならびに認識の限界値とか、ちらっと見るとあらわれ目を凝らすと逃げ去るものとか、一秒後の別世界とかいったふうに、手をかえ品をかえ語っている。そしてそのうちに影だけでなく、存在と不在の誤差をめぐるあれこれを全部ひっくるめて〈アンフラマンス＝極薄の〉と呼ぶようになった。

ところで俳句というのは、このアンフラマンスな構造としょっちゅう遭遇してしまういとなみである。たとえばこんなのとか。

うつつなきつまみごころの胡蝶(こてふ)かな　　蕪村

そっと蝶をつまむときの、あるかなきかのなんともいえない感じ。蝶の薄い翅(はね)というアンフラマンスを介して、うつつとは思えぬ感触をつむいだこの句の源流にあるのは荘子の「胡蝶の夢」という説話だ。これは、あるとき荘子が蝶になった夢を見て、ふわふわとあそび、目がさめたときに、あれ、さっきまで僕は蝶になった夢を見ていたんだっけ、いや、たったいま蝶が僕になった夢を見ているのかも、ううんそもそも蝶と僕とのどちらがほんとうの存在なのだろう、と頭がこんがらがってしまう話で、要するに存在と夢とのあいだの極薄の差を語っているのである。

器(き)世(せ)界(かい)に物ありひとつ朧(おぼろ)松(まつ)　　也柳

也柳の句は、この世界にひとつの物体が存在するとされつつ、それが「朧」というアンフラマンスに阻まれているのが肝で、もちろんこの「朧」は存在と不在とのあいだにゆらめくヴェールである。「器世界」とは仏教用語で自然環境としての世界のこと。サンスクリットの原語でも文字どおり「容器たる世界」の意味だ。

まばたくと手の影が野を触れまはる　　鴇田智哉

現代でもアンフラマンス感覚は健在だ。鴇田の句では、まぶたという極薄の膜がまたたくたびに〈一秒後の世界＝別世界〉が更新されること、またその世界とふれあっているのが自己ではなく、半実半虚の生命さながらの影であることが描かれている。

他方、漢詩はどうかというと、もちろんアンフラマンスな感性は存在する。たとえばすでに平安時代には、水鏡や影や光といったアンフラマンスを巧みに描いた、こんなクールな作品が存在した。

水中の影　　桑原広田麻呂（くわはらのひろたまろ）　　冷然院各賦一物得水中影応製

さまざまの像が画家を待たずして　万象無須匠
青い水の中にしかと描かれている　能図緑水中
花に目をこらしても香りは立たず　看花疑有馥
葉に耳をすましても風は鳴らない　聴葉不鳴風
一羽の鳥はおのれの分身と連れ添い　一鳥還添鳥
一叢（ひとむら）の草はひたすら水影と向き合う　孤叢更向叢
天空の光が彼方から降りそそぐのは　天文遥降耀
水底がこんなにもからっぽだからだ　応為潭心空

桑原広田麻呂は太政官（だじょうかん）の小外記（しょうげき）だった下級貴族。この詩は嵯峨天皇の離宮である冷然院の庭で詩会がもよおされた折、水中の影という題をあたえられて書いたものである。これを読むと、まずもってわたしは、セカンドハウスのガーデンパーティーで詩をつくるというシチュエーションにうっとりしてしまうのだけれど、嵯峨天皇はこの冷然院のほかにも神泉苑、嵯峨院といった庭や離宮を所有し、それぞれに造営の趣向を変えて嵯峨朝詩壇の舞台としていたことで知られている。また「水中影」という題は、はるかむかしから漢詩に詠まれてきたモチーフだったり、和歌でも紀貫之が好んで詠んでいたりと詩歌ともになじみが深い。なにより冷然院の庭は、滝、池、遣水など、水景に意匠が凝らされていたそうで、詩会で招待客らが即興演奏の技を競いあうのにうってつけだったに違いない。

この詩には、水の中の倒影が実景のぬけがらではなく、それとはまったく別のありようを生きる生命として、わたしたちのあずかりしらない異次元を見え隠れさせながら、独自の世界を創造しているようすが見事に描かれている。そして花はあれど香りはなく、葉はあれど音の鳴らない倒影にひそむ造化の美が、それを見ている者たちにすっかり受け入れられ、ここにある世界と、どこかにある世界とが、そのどちらかに回収されることなく寄り添うに至る。とりわけ第五・六句の対句「一羽の鳥はおのれの分身と連れ添い／一叢の草はひたすら水影と向き合う」は、現前とその影とのあいだで交わされる極薄な息づかいや、まばたくたびに世界が更新される現と虚の次元のゆらぎを着実にとらえている。

おしまいの第七・八句で広田麻呂は、静と動の調和が計算しつくされたさまざまの像の描写から離れ、さざなみひとつない水鏡を光によって底までつらぬき、からっぽという現前の正体をあばいてみせる。現前と不在とのあいだにある一瞬の差を抉(えぐ)った、この水中の影のかくれんぼはきわめて感動的だ。

広田麻呂の語り口の余韻にひたりながらふと考える。からっぽなのはほんとうに水の中だけなのかしら、わたしの心の中もからっぽなのではないかしら、だってこんなにも胸の底まで言葉がふりそそいでいるのだから、つまり、わたしという存在もまた極薄の――と。

さらに考える。ものを見るとは、現象と意識とのあいだに、ひとつの水鏡をかかげることなのかもしれない、そしてその水の汲みつくしがたさを、くりかえし思い知ることなのかもしれない、と。

存在は非存在に支えられている。非存在は存在に支えられている。なにものも固有の本質へと還元されなどしない。そして、なにものも固有の本質に還元されないという意味で、この世界の底はからっぽである。

そんなふうに考えながら、からっぽの手の中におとずれる天空の光を、わたしは力いっぱいにぎっている。

あなたとあそぶゆめをみた

本棚の整理をしていて、古い本をひらくと、むかしオチさんとドライブした春の日のレシートが栞（しおり）になっていた。

オチさんの喉のつけねには、ふたつの小さな穴のあとがあった。俺、ほんとさいきんシャバに出てきたんやけど、一番死にかけてたときは首の、この、ここんとこの穴から二年くらい息してたてん、と、はじめて会った日にオチさんは言った。

「へえ。それでよく大学に入れたね」

「そら内部生やし。小学生の時に勉強しといてよかったわ」

オチさんとは大学の必修科目の体育で知り合った。一学年四千人いる大学で、数名しか登録者のいない特別養護クラスである。授業はビリヤード、ダーツ、輪投げなどの中から、その日の体調でやれそうな種目をやる。わたしはダーツにはまった。オチさんは、ええとオチさんは、なにをしていたんだっけ。テレビゲームが好きだったのは覚えている。わたしは、瞬発力や動体視力を競うのはオチさんには過酷なんじゃないかな、と思ったものだ。

ドライブの日は海まで行って、なんのへんてつもない砂浜を歩いた。季節柄、どこかで花なんかも見たかもしれない。

「わ」

「どないしたん」

「砂の足跡ってよく見るとふしぎだね」

「ほんまや。空からみたら、ごっつう怪しい砂絵に見えるんちゃう。呪い的な」

「ここにドアを描こうよ。で、わたしたち、そこから出て来たって構図にするの」

「よし」

オチさんはつま先を砂に入れた。が、その体勢から脚を曳くことができなかった。かわりにわたしがつま先を砂に立て、少しずつ脚を曳いて線を描いた。すると、金関寿夫『ナヴァホの砂絵―詩的アメリカ』の一節が、じんわり水が滲み出してくるかのように脳裏によみがえってきた。

私にとっての砂絵の魅力は、その正面性という性格にもある。つまり、易しくいうと、平べったいところがいいのである（……）ドアーが平べったいことは私を感動させる。そして私にとって、ドアーは、ほとんどひとつの象徴性をもっている（……）それは、その平べったさによって、ひとつにはその向う側にある「奥行き」を暗示しているからでもある。

雲の流れが速い。なぜあんなに速いのだろう。音が聞こえない。風と波が両耳をふさいでいる。世界の正面性。あの本は、平べったい未来のドアをあけずに死んでゆく人びとについて、なにか語っていたっけ。たしか、なにも語っていなかったはずだ。

わたしは触れることのできないドアの向こうよりも、いまここで肌に感じられる風の方が、ずっと好きだな。

髪を風に踊らせ、軽い雨のぱらつく砂浜に大きなドアを描きながら、わたしはぼんやりそう思った。

あそび疲れたわたしたちは、駐車場にもどるとオチさんの車に乗り込んだ。オチさんが、このあとどっか行きたいとこある、とたずねてきたので、わたしはオチさんの体力を忖度して、国道沿いのファミレス、と答えた。

「わたし、まだファミレスに行ったことないの」

「ほんま？　実は俺もせやねん。まだしてへんこと、これからようけしたいわ」

オチさんは笑った。オチさんはいつも笑っている人だ。


わたしは古い本をとじた。ああ、びっくりした。あの日のレシートがこんなところから出てくるとは。これ、見なかったことにしよう。この本もこう、こうやって、奥の方に隠してしまえばいい。

ん。これでもうだいじょうぶ。

窓の外の雨は、ぼんやりとした光をはなちながら、映写機の回るような音を立てている。わたしはソファに近づき、腰を下ろすと、そのまま青いクッションに沈み込んで目をとじた。

そうして、いつしか、わたしは見晴らしのよい砂浜の、砂絵のドアのふちに立っていた。ドアの向こうを見に行ったオチさんを待っているのだ。春の風はしたたかだった。寒くなったわたしは、気をまぎらすために、おいしいハムとクロワッサンのことを考えた。さみしさもどうにかしたくて、サーカスのパレードを胸いっぱいに思い描いた。ついでに道化師のような服に着替え、三角帽のようなものをかぶり、赤い玉のようなものに乗った。そして右手にハム、左手にクロワッサンをにぎりしめて、砂浜を通りすぎるパレードを見物した。そんなふうに、ひとりぼっちの時間をすごしていたら、青くすみわたる夜がひややかな砂浜に降りた。ドアの奥にオチさんのすがたが動いた。オチさん、と声が出た。大きな声が。するとあたりが急にしんとして、ここで目があいた。ゆうぐれのソファの上。胸に手をおくと、すっかり冷えている。夢ではない。現実だ。ほんのちょっとのつもりが、こんこんと眠っていたらしい。

げんしんのゆめ　白居易（はくきょい）

よるはてとてを　つなぎあい
あなたとあそぶ　ゆめをみた
あさにめざめて　はんかちで
ふけどなみだは　とまらない

ショウホのほとりで　としをとり
さんどやまいを　やしなった
カンヨウのきに　くさばなに
はちどのあきが　やってきた

夢微之

夜来携手夢同遊
晨起盈巾涙莫収
漳浦老身三度病
咸陽宿草八廻秋
君埋泉下泥銷骨
我寄人間雪満頭
阿衛韓郎相次去
夜台茫昧得知不

あなたはよみを　さまよって
ひきずるほねは　どろとなる
わたしはひとの　すがたして
ねんねんかみを　しろくする

アウェイ　ハンラン　あいついで
かえらぬひとに　なったけど
よみのせかいは　もことして
だれのかおやら　わからない

無二の親友だった「微之」、すなわち元稹の死がどうしても受け入れられない白居易が、その死から八年ののち、ふるえやまない舌と化して、友の面影をうたった詩がこれだ。「漳浦」は漳水のほとり。白居易が実際にここで病を治したことはなく、長患いにかかった魏の劉禎がここに身をひそめた故事をふまえている。「咸陽」は元稹の埋葬された地名。「阿衛」は元稹の娘、また「韓郎」は愛壻の名前。「夜台」は墳墓である。

わたしには白居易のきもちがわかる。

だってわたしも、目ざめたら、ひとりだったから。

ひとりで、この現実に帰ってきたから。

冷えきった胸は、言の葉の根にはびこる泥臭い感情に、やみくもに侵されたがっていた。愛することと憎むこと——そんな泥臭い感情に。わたしはあの春の日、オチさんと、ほかになにをしてあそんだのか思い出そうとした。けれども思い出せることはなにもなかった。あの日の記憶には、いつのまにかオチさんのすがたもなく、消えかかったドアの残る砂浜だけが、どこまでもどこまでもひろがっていた。

空気草履と蕎麦

空気が好きで、空気にまつわるあれこれについて、日々情報を集めている。紙ヒコーキや浮き輪みたいな、たわいのないおもちゃも好きだし、芸術作品や工業製品にかんする記事にもまめに目を通す。くらげのように、どこかしら空気に似た雰囲気のある生き物も愛おしい。

そんなひどくおおざっぱな楽しみの中に、かつて空気草履という名の、なんだかよくわからないものがあった。はじめてこの言葉を知ったのは、尾崎翠（おさきみどり）の小説のタイトルとして、である。ただこの小説というのが、貧しい女の子が夢で見た空気草履をひょんないきさつから手に入れる話で甘く感傷的、エアーなフィーリングが少しもないうえに、肝心の草履のしくみが説明されていなかった。

空気草履は五代目古今亭志ん生の自伝『なめくじ艦隊』にも登場する。志ん生の師匠である四代目馬生が、目の見えなくなった初代小せんを見舞うくだりだ。

そうしたら小せんのおかみさんが、師匠が帰ったあとで小せんに、

「いま勝ちゃん（馬生）が空気草履をはいてきましたよ」

「ナニ、空気草履をはいてきたと……」

小せんはそれを聞いて、ちょっと眉をくもらせていたが、口述で弟子に手紙を書かせ、それを師匠のもとへ届けさせた。その手紙には、

「お前も江戸ッ子だし、おれも江戸ッ子なんだ。お前とはこうして若い時分からつきあってきたが、いま聞いたら、お前はうちへ空気草履をはいてきたという。江戸ッ子がそんなものをなぜはくんだ。江戸ッ子の面よごしだ。きょうかぎり絶交するからそう思え……」

と書いてある。これを読んで師匠はビックリして、なんとかという文士を中へ

立てて、小せんのところへおわびに行ったというんですよ。そして中に立った文士が、
「師匠、とにかくこの人も、わるい了簡で空気草履をはいていったわけじゃない。つい出来ごころではいたんだから、どうかこのたびのことは、かんべんしてやってもらいたい」

このくだりを読んでも、空気草履がどのようなものか、やはりからきし見当がつかない。『大辞林』第三版の「踵の部分をばね仕掛けにして、空気が入っているように見せたもの」との説明からだと、ドクター中松のスーパーピョンピョンしか思い浮かばないのだが、もしやそれでかまわないのか？

そして月日は流れ、さいきんカフェでくつろいでいたとき、ラジオから流れてきたダフト・パンクのエアーなサウンドに空気草履のことがふと思い出され、スマートフォンで検索してみた。すると実物の画像が一枚だけひっかかった。『大辞林』の説明とは異なり、横からみると、インソールとアウトソールのあいだがばねじかけではなく

革製のアコーディオンになっていて、つま先はミッドソール（つまりアコーディオン部分）をはさんで上下のソールががっちり縫い合わせてある。さしずめ鼻緒のついた蛇腹のふいごといったところだ。このデザインだと、足を上げるたびにかかとの部分がばふっと扇型にひらいて、ばふ、ふが、ばふ、ふがっとなる。ふいごをばふ、ふが、ばふ、ふがっと踏んで歩くのはたしかにあほっぽい。志ん生の本を読んだときは、はあ、江戸っ子の偏屈話はどれも同じでお腹いっぱいだよと思ったものだけれど、まったくそんな話ではなかった。

　ところで、ここからの連想で気が引けるのだけれど、空気草履の蕎麦（そば）色の編み目をながめていて、こんな江戸っ子漢詩を思い出した。

蕎麦　新井白石（あらいはくせき）

石臼からおちる玉屑（ぎょくせつ）はまっしろにかがやき
素餅にまるめた生地を満月にひろげてゆく

蕎麦麺

落磨玉屑白皚皚
素餅団円月様開

中洲に倒れた蘆（あし）に雪が吹き下ろすかのように
麺棒をよこたえて打ち粉をまぶし
平野を転がる蓬（よもぎ）が雲を巻きつけるかのように
麺棒をうごかして生地を巻きとる
美しい包丁で刻めば蜘蛛（くも）の糸となってみだれ
麗しい釜で茹（ゆ）でれば重なる波となってゆれる
大根おろしと長ねぎの香りが椀（わん）に満ちれば
なんで胡麻飯（ごまめし）を食べに天台山まで行く気になろう

蘆倒孤洲吹雪下
蓬飄平野捲雲来
鸞刀揮処遊糸乱
翠釜烹時畳浪堆
萊箙葷葱香満椀
肯将麻飯訪天台

歌舞伎のように華やか。そして江戸ものだけに重くない。蕎麦粉を挽（ひ）く、練って丸める、丸出しする、打ち粉をふる、角出しする、切る、茹でる、盛りつけるといった蕎麦にまつわる一連の手順も、その辺の料理本を読むよりずっと記憶にのこる。ひとつひとつの誇張表現に、奥義の口伝としての格がそなわっているのだろう。

「玉屑」は玉（ぎょく）を砕いた粉末で、不老不死の仙薬とされた。「月様開」はのし棒による丸出しの工程。「鸞刀」と「翠釜」は、ここでは包丁と鍋を美化した言い方。「遊糸」は蜘蛛の吐く糸。第三・四句は解釈がむずかしいそうだが、わたしは「蘆」と「蓬」を麺棒とした。また「雪」と「雲」は打ち粉とみるのが標準なのだけれど、「雲」については蓬が「捲（ま）き来たる」のだから打ち粉ではなく、まき棒に巻きとって棹（さお）状の渦巻雲平（うずまきうんぺい）や俵屋吉富の雲龍（うんりゅう）みたいな状態にした生地のことだろう。つまりこの箇所は角出しの工程を描いているのだ。伊達巻（だてまき）などもふわふわの觔斗雲（きんとうん）っぽいし、綿棒に巻きとった生地は渦巻雲の文様を連想するのにちょうどいい。またさいごの「麻飯」というのは漢の時代、ふたりの男が薬草摘みに天台山に入ったはいいが、道に迷ってしまい困っていると、川の向こうからお椀が流れてきて、そのお椀をあけてみたら胡麻飯が入っていたので食べたという伝説から来ている。と、これだけでは胡麻飯の魅力が伝わらないだろうから続きを書くと、お椀の持ち主を知りたくなった男たちが川をさかのぼったところ、川上でふたりの美女と出会い、奇しくもその場で意気投合、美女たちの家に招かれ、さらにおいしい胡麻飯をごちそうになり、そのあとは寝床に誘われて甘き房事におよんだ、というフロイディアンが聞いたら身もだえしそうな展開になるのだ。

これと天秤（てんびん）にかけて蕎麦に軍配を上げるのだから、新井白石の蕎麦好きはかなりのものだといっていい。

　この詩は、蕎麦のすばらしさを伝えようとする白石の心意気があっぱれで、とくに「中洲に倒れた蘆に雪が吹き下ろすかのように／麺棒をよこたえて打ち粉をまぶし／平野を転がる蓬が雲を巻きつけるかのように／麺棒をうごかして生地を巻きとる」に都会の華やぎがある。この対句は完全に暗喩のみで書かれているので訳には補足を加えたけれど、読み下しそのままだと「蘆は孤洲に倒れ　雪を吹き下ろし／蓬は平野に飄（ひるがえ）り　雲を捲き来たる」となり、これが蕎麦打ちなのかとのけぞる豪勢さだ。ながめていると武芸帳の一幕がふつふつと思い起こされ、蘆や蓬がもはや一本の麺棒ではなく、強い敵と戦うちっぽけな人間のすがたに思えてくるし、そうなるともうわたしの脳内では、風にあおられた主人公がくるくると地面を転がりながらも、太極拳さながら風を手なずけて竜巻をつくり、必殺技として敵に投げつけるところまでがしっかり妄想されてしまうのだった。

　新井白石という人は、学校では幕政を主導した朱子学者として習うせいか、世間からは偉いお役人くらいの認識しかもたれていないのが悲しい。実はこの人、もともと恐ろしく早熟で、とりわけ言葉に堪能な少年期をすごし、二十代のころはあの芭蕉と競い合ったこともある貧乏士族出の俳諧師なのだった。のちに俳諧をきっぱりと捨てて漢詩と朱子学にいそしみ、天性の詩人として認められるのだけれど、塾の推薦で甲府徳川家に仕官するのは三十六歳にもなってからのことである。

屛風絵を旅する男

幼稚園のころにはもう美術が好きで、日がないちにち画集を見ていた。そのころはフランソワ・ブーシェとか、モーリス・カンタン・ド・ラ・トゥールとか、ジャン・シメオン・シャルダンとか、クッキーの缶に印刷してあるようなロココな絵を見ていた。きれいなドレスだなとか、薄い硝子(ガラス)のコップだなとか、この楽譜なにかなとか思いながら、うっとりして見ていた。幼稚園児の価値基準でいって、ポンパドゥール侯爵夫人を描いた絵は傑作揃(ぞろ)いである。なかでもドレスに胸を踊らせては、お絵描き帳に毎日模写していた。アニメ『フランダースの犬』の影響でルーベンスの絵も見ていたけれど、ルーベンスの女の人はつまらない服しか着ていないか、もしくははだかだったため、幼稚園児の需要にそぐわなかった。

小学校に上がると、ポール・セザンヌを筆頭に近代の画家の絵を見るようになった。これにはきっかけがある。あるとき母が、わたしのためにくだものをむいてくれたとき、

「ほら見て。おかあさんのくだもののむき方。まるでセザンヌのタッチみたいでしょう？」

と言いながら、ナイフをりんごにあてて、細く皮の残ったラフな状態に削り上げ、じかに手わたしてくれたのだ。速描きの筆触を思わせるそのナイフの跡に、たちまちわたしは芸術の魔法を嗅ぎとった。そして、くだものを美しくむくときは、いくすじかの皮を残し、彫りかけの木さながらに、ナイフの感触をきわだたせるべきものとすっかり信じ込んだ。もともと材質の質感にこだわりがちな子どもだったこともあって、それ以来絵を見るときには、くだものへのナイフのあて方をさぐるみたいに、カンヴァスへの絵の具の乗り方を味わうようになったのである。

美術作品を見るときは頭をからっぽにして見る。あまりにからっぽにしすぎて、

ものの理解に抜けが生じるほどに。ひとつ例をあげよう。フランスに越して来たばかりのころ、ルーヴル美術館でミシェル＝アンジュとかいう彫刻家の作品に遭遇して度肝を抜かれ、すぐさま作品集を買いに走り、家でずっとながめていた。で、一年くらいして、ふとなにかの拍子に「あれ？　ミシェル＝アンジュって、あのミケランジェロのフランス語つづりじゃん！」と気がついた。こういった抜けが、脳の病気ではないかと疑われる頻度で起こるのである。

もっと深刻なものだと、博物館や美術館で見かける「国宝」や「重文」といった記載を画家の名前だと勘違いしていたというのもあった。たしか三十歳くらいまでそうだったはずだ。それでその手の場所に足をはこぶたびに、「わあ。また重文さんの絵だ。ほんと重文さんってすてきな作品をいっぱいつくった人だねえ」としみじみしたり、久隅守景《夕顔棚納涼図屏風》や長谷川等伯《松林図屏風》の、国宝さんの描いたオリジナルはどこにあるのかな、と首をかしげたりしていたのだった。どうやらわたしは作品の前に立つとそのことで頭がいっぱいになってしまって、言葉の世界がおろそかになるらしい。しかも見るたびにその症状が再発したり、何年も後遺症のように引きずったりするのだ。

詩人は絵について語ることを好むらしく、絵画をモチーフにした漢詩というのは山のようにある。しかもそれぞれに趣向が細かい。とはいえ、画中世界の虚構の住人になってしまうのは、そこそこめずらしいパターンだ。

また屛風(びょうぶ)絵を詩にする　藤原忠通(ふじわらのただみち)

重賦画障詩

鸞殿侍臣三四輩
丹青障下動詩情
巌扃路細側身入
野樹枝低傾首行
寒岸柳衰黄髪悴
連峰霧巻翠眉横

宮中で夜の番をするわれら三、四人
彩り豊かな屛風の前にいたら詩心が湧いてきた
ごつい岩戸の細くのびた道に
身をよじって入り込み
野原の木々が垂らす枝は低く

挑来華燭頻沈詠
宮漏数声夜五更

首をかたむけつつ進む

さむい岸辺の柳はうら枯れて
黄ばんだ白髪みたいに痩せ
連なる峰々は霧を巻き込んで
青ざめた眉墨を引いたよう

華やかな灯火をさらにかきたて
静かに歌いつづけていると
宮中の水時計がぽとりぽとりと
夜明けの時刻を告げた

「丹青」は赤と青、転じて彩色。「巖扃」は大きな岩で作った戸。「宮漏」は宮中の水時計。「五更」は一夜を五等分したさいごの時間帯で、季節によって変動するけれど、だいたい午前三時から五時くらい。それから詩のタイトルに「また」とあるけれど、ざんねんながら一首目の詩は現存しない。

　この詩は屏風絵を目にして詩心が湧くやいなや、たちまち作者が絵の中に入ってしまうといったファンタスティックな趣向が楽しい。詩の中でいきなり詩を書きはじめ、しかもそれがいまわたしたちが読んでいる詩になるといったメタフィクションのしかけも凝っているし、舞台が夜だというのもイリュージョナルな香りづけに一役買っている。それから水時計の音、すなわち現実の時空からの働きかけによって、夢からさめたみたいにいまここにもどってくるラストシーンも素直で趣味がいい。知覚にもとづく空想も丹念だし、「黄ばんだ白髪」だの「青ざめた眉墨」だのといった幽霊っぽい比喩も、オーソドックスでありながら屏風絵の凄（すご）みにうまく結びついている。作者の藤原忠通はいちごの漢詩（63頁参照）を書いた人だ。どちらの詩もラストシーンでふっと力を抜くところが似通っているかもしれない。

　ところでいま忠通の詩を引きながら、しみじみ思ったことがある。それは、絵画とは覗（のぞ）きこむあそびだ、ということだ。絵画にあって彫刻にないもの、それが覗きこむという作業だといってもいい。

彫刻はどんなに異様なものであっても、わたしたちといまここにある時空を共有している。もしかしたら彫刻のほんとうの目的とは、異質なるものと人類との共生体験にあるのではないかしらと勘ぐってしまうほどに。それに比べて絵画と向き合うときは、それが具象画であろうと抽象画であろうと、いまここにある時空を捨て、二次元の敷居をまたいで、向こう側の世界を旅しなくてはならない。このとき面白いのは、絵画の表面に不自然な厚みがある場合、その作品が絵画ではなく彫刻としての性格を帯び出すことである。つまり作品から向こう側の位相がうしなわれてしまうのだ。

そういえばむかし、絵を見ようとして、ふとしたはずみで、するっとその中に入ってしまったことがあった。ピカソの《ゲルニカ》を見たときだ。当時のわたしはあまりにも有名なこの作品に少しも興味がなかったのだけれど、ひとまずじっくりながめてみようと思い、絵の前に立つと、画面左の子どもを抱えて泣いている女を覗きこんだ。するといきなり、あたかも水鏡の奥に別の生態系がひろがっていたかのように画面の線がうごめき、こちらの視線をふりほどいて自由になろうとしたため、わたしはうようよとしたそのうねりに足元をさらわれる格好で、画面の中にすべり落ちてしまった。

と同時に、目からは涙が流れていた。とめどなく。

そのときわたしは、なにかを感じたり考えたりするいとまもなく、イデアのように純粋な悲しみに胸を撃ち抜かれたのである。

もちろんすごくびっくりした。しかし撃ち抜かれたとわかったあとは、もう悲しみに逆らわず、素直に泣きつづけるしかなかった。どうしてこんなに悲しいのだろうとふしぎに思いながら。あの悲しみは戦争に触れた悲しみだったのか。それとも絵画という平面の中にとじこめられた図像たちの悲しみだったのか。いまも覚えているのは《ゲルニカ》の表面が羽根のようにやわらかく、無抵抗で、とても通り抜けやすかったことだ。

はだかであること

ある日、夫が仕事から帰ってくるなり、

「あのね、いま、アパルトマンの前の公道に全裸の女の人がいたよ」と言った。

「え。変態？」

「うーん、わかんない。なんだったんだろう」

ひとくちに公道の全裸といってもいろいろだ。いきなり物陰から飛び出してくる裸族。ラリって心ここにあらずの裸族。パフォーマンス狙いの裸族。とりあえずガウンは着ている裸族。これからの季節に多いのは、春の陽気が引き金になったとおぼしき裸族だろう。暖かくなると虫のごとく湧きいずる彼らに遭遇しそうな日を、ぽかぽか注意報の日、とわが家では呼んでいる。

と、よそごとのように書いているが、かくいう自分もむかし、公道で全裸になったことがある。なぜゆえマッパになったのかというと、同調的な学校世間に心の底から嫌気がさしたからだ。具体的になにがあったかは忘れてしまったけれど、校門を出て、信号をひとつわたったあたりで生きていることが完全にあほらしくなり、とりあえずパンツ一丁になってみたものの、しばらく歩いているうちにパンツをはいていてはさほど革命的ではないことに気づいて全部脱いだ。そしてそのまま誰に呼び止められることもなく、家までの二キロの道を歩き切ってしまった。

あと全裸といえば暗黒舞踏だろう。いや違う。よく考えたら彼らは状況に合わせたしかるべき衣装を身につけていた。存外ジェントルマンなのである。あの土方巽もそのイメージに反してちゃんと服を着ている。むしろ土方において全裸なのは体ではなく言葉だ。

本棚から土方の全集をとりだし、頁をめくって、目に入ったところを読む。「ところがわたしを笑う人が居るのよ。ええ。だからそれは死骸だって、ねえッ、それも家のなかでわたしのことを笑う奴なんかみんな死骸だってね、わたしそういってやったの。ええ。なんていって、わたしなんか、なに、生れたときからね、ぶっこわれて生れて来てるんだからね。ええ。そんなことちゃんと判ってるよ。いわれなくったって判ってるんね」。ったくマッパだねえ。さらに頁をめくると「アンダーグラウンドなどがすべて風俗化していくのも、外部のせいじゃなく、やってる人間たちの問題じゃないかと思うんですね。すぐ自分の外側に砂漠を設定して、水もないなどと言う。そんなこと言う前に、自分の肉体の中の井戸の水を一度飲んでみたらどうだろうか、自分のからだにはしご段をかけておりていったらどうだろうか。自分の肉体の闇をむしって食ってみろと思うのです。ところが、みんな外側へ外側へと自分を解消してしまうのですね」と、こちらはマッパのすすめを語っているとおぼしい。

土方の本には「文学」や「芸術」や「社会」といった概念とは縁のない、粘菌のような言葉が生き生きとひしめいている。言葉が高次の意匠をまとっていない、といってもいい。「文学」や「芸術」や「社会」のような高次の意匠はわたしたちのいとなみを規定する検閲官として、つねに背後から、かつ外部からやってくるけれど、そうした権力の包囲をのがれた場所で土方は語ろうとしているのだろう、ひっきりなしに自分の肉体の中の井戸水をのみ、粘菌じみたその闇をむしって。

あと土方とはまた違うタイプのマップとして思い出すのが、熊本五高で教師をしていたころの夏目漱石の漢詩だ。

菜の花の黄　夏目漱石

菜の花は朝日に黄色く
菜の花は夕陽に黄色い
菜の花の黄に埋もれて僕は
朝な夕なに歓(よろこ)びをむさぼる

膨らむこころは雲雀(ひばり)を追い
うつらうつらと青空に入り

菜花黄

菜花黄朝暾
菜花黄夕陽
菜花黄裏人
晨昏喜欲狂

曠懐随雲雀
沖融入彼蒼

はるかなる天の都に近づき　　縹緲近天都
塵(ちり)の地上を彼方に見下ろす　　迢遞凌塵郷

この想いは言葉にできない　　斯心不可道
この楽しみは深くてひろい　　厥楽自潢洋
悲しいのは　まだ僕が鳥じゃないこと　　恨未化為鳥
菜の花の黄を歌い尽くしたいのに　　啼尽菜花黄

「朝暾」は朝日。「沖融」はうつらうつらと。「縹緲」ははるかなる行く手。「塵郷」は浮き世のことで、前句の「天都」と対になっている。

イントロ四句の疼(うず)くような抑制の利かせ方。そのあとに続く天にものぼる心地。サビの「悲しいのは」にこめられた軽い転調。そして結末のピュアな嘆き。漢詩というジャンルで、ここまでストレートで伸びのある歌声を聞くことはまずないと思うけれど、実はこの歌声は屈指の抒情(じょじょう)詩人シェリーの「雲雀に寄す」からインスピレーションを得ている。つまりここには英詩の抒情を漢詩に乗せてみるといったコンセプトがあって、とびきりのセンチメンタリズムが湿っぽくならないのもこの混血の力に因っているのだ。

英詩の抒情を漢詩に乗せるといえば、若き日の徐志摩(じょしま)が訳したと一般に信じられている(しかしながら徐志摩全集にも研究資料にも見当たらない)ウィリアム・ブレイク「無垢の予兆」の冒頭部分も印象的なので、その翻訳をさらに日本語へと翻訳してみる。

天真的預言(汚れなき預言)　　徐志摩

一沙一世界　　一粒の砂に一つの世界があり
一花一天堂　　一輪の花に一つの天国がある
双手握無限　　両手は無限をにぎりしめ
刹那是永恒　　刹那は永遠(とわ)とかさなりあう

中国の子ども向け詞華集より引いた。仏典翻訳をなぞりつつ創造的モナドロジーをひっさげて、一がすなわち多であるといった一即多(いっしょくた)の思想をロマンティックにつむいでみせたこの翻訳も、見方によっては青年知識人らしい観念的自己を赤裸々に晒(さら)しているといえるだろう(もっともはだかの意味合いがまるで違うけれど)。

悩める肉の味わいがせつない「菜花黄」の話にもどると、漱石はシェリーの「雲雀に寄す」がものすごく好きだったようで『草枕』にも引用がある。その翻訳は長歌になっていて、“Our sweetest songs are those that tell of saddest thought.” の部分は「うつくしき、極みの歌に、悲しさの、極みの想(おもい)、籠(こも)るとぞ知れ」と、小説とも漢詩ともまた違う表情をたたえている。そういえば『草枕』にはこんなくだりもあった。「春は眠くなる。猫は鼠(ねずみ)を捕る事を忘れ、人間は借金のある事を忘れる。時には自分の魂の居所さえ忘れて正体なくなる。ただ菜の花を遠く望んだときに眼が醒(さ)める。雲雀の声を聞いたときに魂のありかが判然する。雲雀の鳴くのは口で鳴くのではない、魂全体が鳴くのだ。魂の活動が声にあらわれたもののうちで、あれほど元気のあるものはない。ああ愉快だ。こう思って、こう愉快になるのが詩である」

うそ、ほんとにこれ漱石が書いたの、と目をまるくしてしまうような衝撃はすっかり影をひそめている。どうやら小説を書くときの漱石はマッパではないようだ。

愛すべき白たち

一月二日。初夢は雪だった。わたしはアフリカのとあるホテルの一室にいて、天蓋つきベッドのかたわらで、給仕のはこんできたモーニングをとっている。いっしょにいるのはヘミングウェイのような顔立ちをした知らない男性だ。
窓の外にひろがる壮麗な雪山をながめつつコーヒーを飲み、どのくらい外は寒いのだろうかと窓をあける。乾燥した風が楽しい。

きぬぎぬのキリマンジャロの高さかな

一月四日。アパルトマンの管理人から誕生日のプレゼントにと、手づくりのブックボックスをもらう。ほんものの古書が外装に貼られ、すぐには収納箱とわからない。表紙をひらくと、内側はふかふかのフリース張りで、くぼみに白の目ざまし時計がおさまっていた。無垢なる心臓の模型？　あるいは未到の時間を測定する装置？　いにしえの書に眠る、時を刻みつづける白とはいかに。

ふくろふのふるふる消ゆる奇書の森

一月五日。月がきれいなので、夜の散歩がてら、新春を祝う中国伝統の灯籠まつりを見にゆく。会場の植物園は闇にゆらめく光の渦で、まなうらが光のしずくでびしょぬれになった。草むらの池に、ボートのかたちをした灯籠がしらじらと漂っていたのが印象に残る。よその星からやって来て、ひょいと乗り捨てたみたいで。

寒月のなみだを獏が舐めてをり

一月七日。七草粥（がゆ）の御膳をつくって食べる。洗いものをしている横で、家人がぬれた茶碗（ちゃわん）を拭きつつ、「来年の正月休みは南ドイツの温泉にでも泊まろうか」と言う。新年早々知らない男性とアフリカで雪見をしてしまった自分を悔やむ。そうだ、あとで家人の好きな魚のかたちのワッフルを買いに行こう。

鯛焼を購（こ）うて日暮れを永（なご）うせん

一月十二日。いったい天使に重さはあるか。これはかのトマス・アクィナスも大いに筆をふるった難問らしい。わたしも遅ればせながら思念を集中し、結果このような一句に至った。

天秤の雪と釣り合ふ天使かな

一月十七日。オホーツクの原野を、かつてよくあそんだ女性とバスで旅していた。雪と氷とにおおわれた世界を、走って、走って、走って、バスがどこにもたどりつかないうちにふっと目がさめる。あたたかい涙とともに。

雪の澱（よど）ほどよく夢を見残して

一月二十日。病院の待合室で、老紳士らが太陽王ルイ十四世の雪隠（せっちん）について雑談している。せまい空間が苦手な自分は広間でおまるにまたがるのは悪くないし、なんなら雪野原でおしっこしてもいいと思いながら、老紳士らの話に耳をそばだてる。

はばかりに舞ふは小雪かむささびか

一月二十三日。知り合いのロシア人科学者と、日系ペルー人の経営する鮨（すし）屋で一杯やる。ロシアといっても僕はシベリア人だから、モスクワ人みたいに怠け者じゃないよ。

シベリアでは怠け者だとすぐ凍死するからね、と小一時間ほど力説され、う、うん、とあいまいにうなずく。

月面に飛んだりひらめ捌（さば）いたり

一月二十七日。正午の海で砂浜を掘っていてついに発見する。時間には「いま」と「かつて」しかないのだということを。ただし「いま」もたちまち「かつて」となり、けっしてつかまえられはしないから、つまり、この世界には記憶の中の潮騒（しおさい）だけが鳴り響いているのだ。

逢へぬ日はこの世の雪で酒を煮る

一月三十一日。藤原公任（ふじわらのきんとう）というおしゃれな平安人（びと）が、お気に入りの和歌と漢詩のサビの部分を採譜し、テーマごとにまとめた平安時代のソングブックに『和漢朗詠集』

というのがある。その最終章「白」で漢詩のトリをつとめる「詠白」は、トリだけあってフルコーラスで収録されている。

白をうたう　源順（みなもとのしたごう）

銀河のすみわたる秋の夜空
木立の庭にみえる白露の玉
さむざむとした波の底へ帰る
毛宝（もうほう）の助けた白い亀
酒をたずさえて菊の前に立つ
王弘（おうこう）の使いの白い衣
満ちくる潮にしらじらとかがやく

詠白

銀河澄朗素秋天
又見林園白露円
毛宝亀帰寒浪底
王弘使立晩花前
蘆洲月色随潮満
葱嶺雲膚与雪連
霜鶴沙鷗皆可愛
唯嫌年鬢漸皤然

蘆（あし）そよぐ中洲の月の色
山なみの雪にえんえんとつらなる
パミール高原の雲の肌

霜夜の鶴　砂浜の鷗（かもめ）
どれもこれもみな愛すべき白たち
ゆいいつ嫌なのは
年とともに髪が白くなってゆくこと

漢詩版『枕草子』と呼びたくなるたたずまい。つぎつぎとくりだされるこだわりの品々も実に極上の白ばかりだ。まずイントロの、巨大な銀河と微小な露玉といったふたつの発光する宇宙を往還してみせる演出が圧巻で、続く毛宝の亀や王弘の使いの衣も、いかにも目利きならではのセレクションである。パミール高原の雪と雲への愛を語るくだりに至ってはどれだけ貴族的な趣味なのかとほれぼれしてしまうし、そのあとに一転して鶴と鷗といった日常の白を添え、絶景のエクスタシーを軽くクールダウンしてから、ラストの白をそっとつぶやくあたりも抜かりない。とにかくこの詩はどの角度からながめてもノーブルな美意識を感じさせる、王朝系サウンド名盤中の名盤といっていいだろう。

「晩花」は菊の花。「毛宝」は『晋書』にみえる軍人。「王弘」は陶淵明（とうえんめい）の世話をしていた有力者で、九月九日の菊の節句に使いを出し、陶淵明宅の庭まで酒を届けさせた話が『続晋陽秋』にある。「葱嶺」は平均標高五〇〇〇メートルに達する中央アジアのパミール高原。前漢のころから西域への重要な交通路となっている。

源順は平安中期の学者で三十六歌仙の一人。二十代で日本初の分類体辞典『和名類聚抄』を編纂（へんさん）し、また四十歳で『万葉集』の訓点作業にあたった天才として知られ、私家集『源順集』はクロスワード仕立ての図形詩（カリグラム）である双六盤（すごろくばん）歌、碁盤歌、折句のひとつである沓冠（くつかぶり）歌など、超絶技巧の言語遊戯的作品集として名高い。

粉雪やＣＨＡＮＥＬに似合ふ銀煙管（きせる）

はじめに傷があった

長いこと使っているステンレス製の鍋の底をこがした。スチールのたわしでこすってみる。黒ずみが少しとれた。ついでに鍋の内側もこする。しゃらしゃらしゃらしゃらしゃら。いったん流し、両手で目の高さにかかげて検分すると、年季の入ったおびただしい傷がきらきらと輝いている。

水が沸騰するとき、はじめの気泡は鍋の傷から生まれる。逆からいうと、鍋に傷がないとき、水は一〇〇度になっても沸騰しない。これはむかし、会話の流れで夫が教えてくれたことだ。そのころわたしたちは、ピレネー山脈からさほど遠くない町に住み、夫は無重力飛行機に乗りながら、無重力下における沸騰現象の研究をしていたのだった。

「じゃあね、もしも傷のない、完璧なお鍋がこの世に存在したとして、一番はじめのたったひとつぶのあぶくは、いったいいつ、どうやって生まれたらいいの？」

わたしが疑問をぶつけると、たしか夫はこんなふうに答えた。

「その場合、一番はじめの気泡は、水中の水の分子の密度が低いところが偶然生じたとき、その穴から生まれるんだ」

「分子の密度が低いところって、つまりどういうところ？」

「分子と分子とが離れているところ」

こすっているうちに、鍋はみちがえるほどぴかぴかになった。水ですすぎ、なんとなく水をはり、コンロにかけて火をつける。サーカスの宣伝車が窓の下にやってきて、台所から死角になった道をにぎわしている。ボンジュール、本日のギニョールは十四時上演です、みんなあそびに来てね。その呼び込みに反応するかのように、あえかなゆらぎが鍋の底にきざした。

「ちなみに、傷のない完璧なうつわのつくり方というのもちゃんとあって」

「うそ」
「ほんとだよ」
「うそだよ。完璧がこの世にあるわけないじゃん」
「まあまあ。つくり方はね、まず水を長時間わかしつづけるんだ。で、つぎにそれをそのまま静かに冷ます。そうすると傷の中に隠れていた空気がすっかり抜け、そこに水がぴったりと浸みこんで、これでできあがり」

あ。くる。そう思った瞬間、気泡が鍋の底から手品みたいにあらわれた。そしてゆらりと底からはがれ、湯の表面ではじけた。わたしはオーブンの把手（とって）に吊るしてあった白いワッフル地のふきんをつかみ、煮えたぎる湯にそっとかぶせて箸で押し沈めた。

それにしても、傷のない完璧なうつわがこの世に存在したとは。しかもわたしのこんな近くに。傷といえば、アルチュール・ランボーに「季節（とき）が流れる、城寨（おしろ）が見える、無疵（むきず）な魂（もの）なぞ何処にあらう？」という詩があったんじゃなかったっけ。あの詩、なんてタイトルなのかしら。

コンロのそばを離れ、居間に入ると、わたしはランボーの詩集があるかもしれない本棚の前に立った。ところが本棚の硝子（ガラス）戸をひらいたときにはランボーのことはすっかり頭から抜けていて、手がつかんでいたのは白居易（はくきょい）の詩集である。きっとベランダの窓に、イージージェットの旅客機がとんでゆくのが映っていたせいだ。

旅客機はオレンジ色のしっぽをぴんと立て、白く細長いひとすじの航跡を青空に残して去った。ルーチョ・フォンタナの《空間概念》じみた、ゆるやかな弧を描くそれは、美しい傷にも、はたまた地上へ向けた伝言にもみえた。

まぼろしとむきあう　　白居易

このよにみえる　ものはみな
すべてほろびが　みなもとだ
からっぽさえも　とどまらぬ
たとえこのめを　そむけても

観幻

有起皆因滅
無睽不暫同
従歓終作感
転苦又成空
次第花生眼

うれしいことも　うつろえば
かなしいものに　なるだろう
くるしいことも　いつのひか
うつろなかげと　かすだろう

おれのめだまも　だんだんと
かすみはじめた　うつしよの
かぜにらんぷが　あおられて
ひかりがきえて　ゆくように

もののゆくえを　とうことに
みきりをつけて　ながめれば
そらにはとりの　とびさった
ただひとすじの　あとがある

須臾燭過風
更無尋覓処
鳥跡印空中

「観」は瞑想ないし内省すること。「花生眼」は目のかすむさま。老いに加え、このころの白居易は眼病を患っていた。「須臾」はまもなく。「鳥跡」という表現は、現存する最古の仏典『ダンマパダ（法句経）』にみえる「空、無相、解脱に遊ぶときは、其人の行跡は尋ぬべきこと難し、猶ほ虚空に於ける鳥の跡の如し」（荻原雲来訳）という表現に由来する。

　鳥が空をとんだところでその跡が宙に残らないことを知らない者はいない。だからこそ空をゆく鳥は、古来よりこの世への執着をきれいに断った解脱のシンボルだった。それにならい白居易も、どうせこの世は無常なのだ、意味にこだわるのはむなしいことだ、しょせんなにもかもいっときのまぼろしじゃないかと語る。と、見せかけて実際は、さいごのさいごで仰いだ大空に「とりのとびさったただひとすじのあと」をたしかめるのである。この手のひら返しのすさまじさよ。

　ないものをあると語り出すことによって、はじめてこの世界はひとつの像として立ち上がる。「はじめに言葉があった」とはそういう意味だ。つまり、そこになにもないと実は知っていながらその存在を言葉のちからによって信じるのであって、それはちょうどイデアを信じるのと同じふるまいだといえる。きっと白居易は大空を超然とゆく鳥を見上げては、その光景の完璧な空虚にあらがい、ひとすじの傷を思い描いたのに違いない。真理を知りつつ、誤謬(ごびゅう)を求めたのに違いない。だってそうしないと、生きているのがさみしすぎるから。あるいは詩を書くことも。詩とは誤謬の創(きず)である。創をつくる。そのとき世界はあらわれるだろう。逆から言う。創をつくることでしか、世界はあらわれないだろう。創造とはつまりそういうことだ。

わたしは台所にもどると、鍋からふきんを引き上げ、ぎゅっとしぼって流し台の上に干した。それから、コルシカ島の炭酸水を青いデュラレックスにそそぎ、ベランダにある丸いテーブルの上においた。

青いデュラレックスにそそいだ炭酸水はしゅわしゅわとして、神経の疲れをよくほぐしてくれる。わたしはテーブルに辞書とノートをひろげて書きものをする。炭酸水の効果はすごい。すいすい書きものがはかどる。ふいに、そうだわ、あのランボーの詩は「幸福」というタイトルなのだった、と思い出す。ベランダの上には旅客機が、休日のバスくらいののんびりしたテンポでとんできて、青い空にひとすじの雲を描いては音もなく去ってゆく。

隠棲から遠く離れて

漢詩人とは多かれ少なかれ隠棲（いんせい）にあこがれ、また隙を狙ってほんとうに隠者になってしまう人びとである。

しかし隠者なんかになって、いったいどうやってごはんを食べていたのか。

この種のことを調べる人というのはちゃんといて、いつだったか陶淵明（とうえんめい）の収入源をざっと整理してみせた論文を読んだことがある。まったくもってパンドラの箱をあけてしまうたぐいの研究だけれど、それによると、元祖田園詩人として千六百年このかたみんなのアイドルでありつづけてきた陶淵明は、いかに貧しくみえようとも言葉の正しい意味での貧困ではなかったようだ。

思えば士族の家に生まれ、高い教養もあるこの人だ。あいにく意に適う仕事には恵まれなかったものの、県令すなわち当時の県知事を辞して隠者デビューを果たしてからは、地元の名士たちからのスカウトやサポーターの申し入れ（隠者の世話役になることは当時の権力者たちにとって最高のステータスだった）をのらりくらりとかわし、あそこにすごい先生がいるぞとのうわさをあおりにあおって、たちまち「潯陽の三隠」と称されるまでになったのだから、もうこれはどうしたって遣り手に違いないのである、と妄想するのはわたしだけではないだろう。だいたいこの人の交際していた顔ぶれをながめて、これは付け届けがすごかっただろうと察しない方が野暮なのだ。ちなみに県令から隠棲へという下野方式はエキセントリックな行動ではなく、むしろ当時の慣例だった。

他方、隠者稼業に乗り出さず、役人のような給与取りでもなく、これといった財産もない詩人たちはどうやってごはんを食べていたのか。こちらもかなり気になる話なので、詩を読むときに経歴にも目を通すようにしていたら、おおよそ三つの典型がみえてきた。

まずはパトロン。古今東西説明不要の収入源である。隠者にかぎらず、知識人というものが権力者との相互依存・協力関係の深い職業なのは論を俟たない。つぎに売文。これは頼まれて詩や書をつくり、その報酬で生計を立てるといった、画人の詩文版だ。そしてあとひとつが食客。これは他人の家に住まわせてもらうかわりに、その家の子弟、あるいは地域に学問をさずける居候である。ここでひとつのサンプルとして、ハーミットを自称する夏目漱石の漢詩を眺めてみよう。

帰り道に口ずさむ（その一）　夏目漱石

暇だったので二十日間、
人間界とおさらばした。
財布が空になったので、
帰り時だと気がついた。

帰途口号（其一）

得閑廿日去塵寰
嚢裡無銭自識還
自称仙人多俗累
黄金用尽出青山

自称にすぎぬ隠者ゆえ、
人づきあいは欠かせない。
お金も尽きたこの辺で、
山から下りることにする。

一八九〇（明治二十三）年九月、二十三歳の漱石が箱根旅行の折に書いた作である。賀知章（がちしょう）「嚢中自ずから銭有り」や高適（こうせき）「黄金用い尽くせば還（ま）た疎索（そさく）」といった詩句へと軽やかに便乗し、また狂歌の香り豊かな「嚢裡無銭自識還」や「自称仙人多俗累」といった言葉の組み方も魅力的だ。そしてなによりこの詩が雄弁に語るのは、やはりお金がないと隠者はつとまらないといったおおうべくもない事実であり、かくして漱石の隠者稼業はわずか二十日でおわった。つぎは一九一六（大正五）年九月、漱石四十九歳の作を引く。

無題　夏目漱石

山の暮らしは毎日が同じで
出るのも戻るのも足のむくまま気のむくまま
まばゆい梅の花は　濃いや淡いのたぐいを超え
おぼろな月の色は　有ると無いのあわいに在る
人は裏手を抜け　橋をわたって遠ざかり
水は道端に湧き　竹をくぐって流れゆく
一番のよろこびは　清(きよ)らな夜のともしびのもと
愁いをひっさげて　春空を舞う鶴となることだ

無題

山居日日恰相同
出入無時西復東
的皪梅花濃淡外
朦朧月色有無中
人従屋後過橋去
水到蹊頭穿竹通
最喜清宵灯一点
孤愁夢鶴在春空

「山居」は山の中の住まい。「的皪」は物があざやかに白く輝くさま。「蹊頭」は道ばた。「穿竹」は竹林をくぐりぬけること。「夢鶴」は脱俗の夢の定番でしばしば画題にもなる。ちなみに漱石が永眠したのは、この詩を書いた約三ヵ月後にあたる十二月九日のことだった。

さっきの詩とはうってかわって別人のような気品を有する詩だと思う。とくに注目したいのが「まばゆい梅の花は　濃いや淡いのたぐいを超え／おぼろな月の色は　有ると無いのあわいに在る」という対句で、訳さずそのまま読み下すと、「的皪（てきれき）たる梅花　濃淡の外（ほか）／朦朧（もうろう）たる月色　有無の中（うち）」となる。濃度の次元を超えた「光」と、有無の階層の重なりあう「朧（おぼろ）」といったふたつの原理は、隠棲の世界観における存在というものが、いったいどのように成立しているのか、そのキメラ的ありさまをすっきりと語って余すところがない。

それはそうと、漱石は漢詩を愛したとはいえ、そのかたわらにいつも詩作があったわけではないことは、あまり知られていないような気がする。漱石がもっとも真剣に詩作にとりくんだのは実は死の直前で、その生涯における全二〇八首のうちなんと七十五首が、一九一六年八月十四日からさいごの床につく前々日である十一月二十日までのわずか百日足らずのあいだに制作されているのだ。ついでに記せば、三十三歳から四十三歳までのまるまる十年間は漢詩を制作していない。漱石にとって詩作とはあくまで交流や発表を前提としない私的ないとなみであり、またその内容も感情を率直につづったインディー感のある、だがそれでいで、いやだからこそというべきか、型にはまらない個性をもった作品が多かった。

人生さいごの七十五首は『明暗』の連載中に生まれた。なんでも小説を執筆したあとの俗了された精神を解毒するために詩作を日課としていたらしい。そんなこともあって、この時期の漢詩はどれも禅味が強いのだけれど、じゃあすっかり脱俗しているのかといえば、根っからの懐疑主義的体質はあいかわらずで、わたしの目にはどこまでも調律された自然主義、もっと遠慮なしに書けば「個人主義的な則天去私」として映る。

陶淵明が恬淡(てんたん)無欲をよそおいつつも、実は自己中心的な人間臭い性格だったのとはまた別の文脈で、漱石も超俗の夢をみつつ、その一方で「孤愁」を観想しつづけていた。漱石にとって「愁」とはたんなる気分でなく、「わが愁いはいずこより来たる」といった探究の対象そのものであり、また読者にとって、塵(ちり)の世の愁いを抱きながら天空の鶴となって浮遊する漱石の自家撞着（じかどうちゃく）はそのまま彼の魅力である。漱石の小説や随筆を読むと、この人が夢想と思索をたえまなく往来する人であることがわかるけれど、漢詩においてもまた同じだったのだ。

禅の救済に没頭するには、醒（さ）めた観察者としての傾向がいくぶん勝っている――それが漱石の漢詩であり、それゆえ彼の隠棲の夢は、ブルーの憂愁が流れる内省の川に阻まれながら、生死の不可逆性の中で正しく夢のままにおわった。

スープの味わい

熱が出た。

昼ごはんはロールドオートを水煮しておかゆにする。ヴァロリス村の陶器にあつあつのおかゆを盛り、ドライレーズンをちらし、バオバブの実の粉をふりかける。バオバブの実には柚子(ゆず)に似た風味があり、なにかと使い勝手がよい。

春の光のあふれる部屋で、おかゆの香りと粘りを静かに味わっていて、ふと少女のころに読んだ川田順造『サバンナの博物誌』のことが頭に浮かぶ。川田が西アフリカのモシ族と共に暮らした六年の日々を、新聞の読者のためにやさしく書いたこの本は、こんなバオバブ料理の話からはじまる。「乾季のおわりちかく、バオバブはほかの植物にさきがけて、赤子の手のような若葉を出す。みんな待ちかねてこの葉を摘み、モロコシやトウジンビエの粉を煉(ね)った、サガボという主食につけるおつゆ『ゼード』の実にする(……)殻の中には、褐色のインゲン豆くらいの、かたい種子が一杯つまっており、水でよく煮て搗(つ)き砕くと油がとれる(……)この種子をつつんでいる白い果肉には、駄菓子のラムネを連想させるかるい酸味があり、そのまま食べたり、水にひたして飲んだりする」

スプーンを口にはこんでいると、しだいにバターの木、スンバラ味噌(みそ)、モロコシ酒のダーム、道化師ホロホロ鳥、法界坊ハゲワシなど、モシ族の生活がことこまかによみがえってきた。インド洋から来たタカラガイの貨幣の話もなつかしい。

半分食べたところでおかゆにふたをして、しわしわのシーツによこたわる。そっとふとんを抱くと、熱と汗とで体がべたついているのがわかる。

むかし風呂のない家に暮らしていたころは、母が病気のわたしを洗うために、山菜の灰汁(あく)抜き用の大鍋でなんども湯をわかし、洗濯機にその湯を移して風呂をこしらえたものだった。洗濯機は二槽式だったので、とんでもなく小さな湯船である。母はわたしを抱きあげて、ちゃぽん、と湯船につける。ドラム缶風呂にあこがれていたわたしはこの洗濯機風呂が誇らしくてならず、つかるたびに世にも珍妙なバレエを踊っては、お湯がこぼれるからやめなさいと母に叱られた。だが叱る母も内心ではおもしろがっていて、スポンジであそぶ子猿さながらの娘のすがたをこっそりカメラにおさめるのである。

「だいじょうぶ?」

ふいに声。目をあける。

「熱は?」

いつもの夫の顔だ。

「……いつ帰ってきたの」

「ついさっき」

「いまね、むかしのこと思い出してたよ」

「そう。オイル買ってきたから。これで体の乾燥ふせげるといいね」

夫はバオバブのオイルを枕元におくと、シャワーを浴びにバスルームへ行った。わたしは天井をながめ、そのまま眠ってしまった。

夕ごはんだよと起こされて、ふらふらとテーブルにつく。パン・ド・カンパーニュを水煮したおかゆとスープが別々に出てくる。スープはブイヨンのみのあっさりしたものだった。スープといえば十九世紀、楊静亭（ようせいてい）という人が、北京の風俗を百篇の竹枝詞（ちくし）で紹介したガイドブック『都門雑詠』をつくった。竹枝詞とは、その土地の風物などを民謡ふうに書いた漢詩のことで、表現はやさしく、口調もざっくばらんである。その中に、わんたんとみせかけて実はスープについての詩が出てくる。

（わんたんスープ）　楊静亭

わんたんをつくったら
いつにもましておいしくできた
肉餡（にくあん）に春の韮（にら）がとけ

包得餛飩味勝常
餡融春韭嚼来香
湯清潤吻休嫌淡

嚙(か)むとふくよかな香りがひろがる
口をうるおすさっぱりしたスープを
水っぽいとばかにしてはいけない
のどを通りすぎたあとにこそ
うまさの余韻はわかるのだから

嚥後方知滋味長

こうもくつろいだ言葉づかいで味わいのひみつを語られると、なんだかわくわくしてしまう。いうまでもなく、味と味わいとのあいだには星と星ほどの隔たりがある。味わいとはさまざまなエッセンスがひとつにまとまりつつも、それぞれの持ち味がそこはかとない波紋のようにゆれているアンサンブルのようなものだ。それはまごうことなき音楽で、はじまるまえの気配があり、身をゆだねたくなる陰影があり、おわったあとの余韻がある。

　ごはんのあとは歯をみがいてシャワーを浴び、バオバブのオイルを体に塗る。そしてシーツとパジャマを新しいものにかえて、ふたたびベッドにのぼる。少しも眠くないので、右へ左へごろごろしながら、これまでの人生で出会ったおいしいスープのことを考える。友だちといっしょに春の牡蠣を採りに出かけ、砂浜でこしらえたクラムチャウダー。カンヌの下町であそんだついでに寄ったル・ノートルのスープ・ド・クレソン。はじめてお酒を飲んだ夜に連れて行かれた、屋台のラーメンのとんこつスープ。パリの小さなアパルトマンで育てた、いろいろな豆のもやしの簡素なシチュー。夏のアルプスで囲んだ雪とみまがうヴィシソワーズ。けれども手術のあと病院のベッドの上で味わった、さっぱりしたスープの思い出をこえるものはいまだない。あれは十四歳の夏休みだった。

　そのころのわたしは発熱をくりかえしすぎて扁桃腺が裂けてしまい、ごはんを食べるたびその裂け目に米粒がはさまって腐り、喉を化膿させてはまた熱が出るという悪循環からかれこれ五年ほど抜け出せないでいた。それで熱が下がったすきを狙って扁桃腺を摘出することになったのだけれど、その手術の日、無事に摘出がすんで、担架で病室にもどされ、全身麻酔がうすらぎはじめてどれくらい経ったころだろう、看護師が小さな湯のみを、ちょん、と丸いお盆にのせて病室に入ってきた。お盆と湯のみの大きさに差がありすぎて、その光景はうやうやしくも滑稽にも見えた。

母は礼を述べ、看護師からトレーを受けとると、

「スープが来たわよ。飲める？」とわたしに話しかけた。

わたしはうなずいた。母がわたしの口元にスープをのせたスプーンをはこんだ。まだうまくひらかない喉をスープが通りすぎ、わずかに感じる痛みがやわらいだあと、そこはかとない味の陰翳（いんえい）が妙（たえ）なる波紋となってふわりと鼻の奥にふくらんだ。ああ。おいしい。どうしてこんなにおいしいのだろう。あ。きっとわたしのために、おかあさんがレストランから出前をとってくれたんだわ。

「もっと飲む」

「あら。だいじょうぶなの」

「こんなおいしいの、生まれてはじめて」

「まあ」

「これ、なんていうスープ？」

出ない声をふりしぼり、わたしは必死で母に言った。すると母の横に立っていた看

護師がぷっと吹き出した。母は少し困ったような顔をして、看護師にスープの名前をたずねた。看護師は、これは業務用の固形スープです、と笑顔で答えた。

イヴのできごと

ある年の師走、マロニエの落ち葉の中をいっしょに歩いていたユキさんが、さいきんどうなの、と小突いてきたので、えへへと笑ってみた。

「いいなあ。わたしなんか、もっと稼いでこいって家族に怒鳴られてるのに」

ユキさんの家族は、嫁とは酷使すべき動産であると信じて疑わない人たちであるとおぼしい。もともとユキさんは別の男性と結婚してポリネシアで暮らしていたのだけれど、すったもんだで離婚し、そのままパリに来て、イタリア系移民の男性と再婚した。ユキさんの新しい夫はいろいろな職を転々としたあと、いまは左官屋として壁を塗っている。ユキさんはそんな夫を支えつつ、わたしと同じ大学院に通ったり、バスチーユ界隈の事務所で働いたりしながら、義両親や夫のいとこたちとパリ市内のＨＬＭ（公営住宅）に暮らしているのだ。

「ひどいねえ」

「おう。まったくよ」

「あ。この界隈って、むかしアナキスト機関紙『ル・リベルテール』の発行所があったとこだよ。ほら、あの、エスペラント語の教本を売ってるあたり」

「アナキストか。いい響きだなあ」

「うふふ。そういえば、大杉栄がベルヴィル通りのことを、浅草から万年町の方へ抜けるなんとかっていう大通りにそっくりって書いてた」

そこから、しばらく大杉栄『日本脱出記』の説明をする。この本は一九二二年、ベルリン国際アナキスト大会に招待された大杉が偽名をつかって日本を出国、途中フランスにあそび、メーデーの演説をしたところをパリの牢獄（ろうごく）にぶちこまれ、ついには国外追放となるまでの顚末（てんまつ）を記録した密航記で、発売されるやいなや一躍ベストセラーとなった。「呑気（のんき）な牢屋だ。一日ベッドの上に横になって、煙草（たばこ）の輪を吹いていてもいい。酒も葡萄酒（ぶどうしゅ）とビールとなら、机の上に瓶をならべて、一日ちびりちびりやっていてもいい（……）窓のそとは春だ。すぐそばの高い煉瓦塀（れんがべい）を越えて、街路樹のマロニエの若葉がにおっている。なすことなしに、ベッドの上に横になって、そのすき通るような新緑をながめている。そして葉巻の灰を落としながら、ふと薄紫のけむりにこもっている室の中に目を移すと、そこにドリイの踊り姿が現れてくる。彼女はよく薄紫の踊り着を着ていた。そしてそれが一番よく彼女に似合った」

　牢屋の窓からながめる街路樹の緑。薄紫の煙がよびおこす踊り子の服。思想的硬直のない、のびやかな文体がとてもいい。また実のところ、この人の核にあるのは思想ではなく、生を謳歌（おうか）する胆力と情感ゆたかなまつろわぬ精神なのだった。

「詳しいね」ユキさんが言った。「大杉栄が好きなんだ？」

「ううん」とわたしは首をふった。

「そうかなあ」

「やだよ。男性として、いささか問題がありすぎる」

わたしがそう答えると、ユキさんは舗道に吹きだまるマロニエの落ち葉を蹴り上げて、あははと笑った。

漢詩には獄中詩が多い。高杉晋作も、陸奥宗光も、西郷隆盛も、榎本武揚も、あの人も、この人も、獄中詩を書いた。明治のジャーナリストで社会主義者の幸徳秋水（こうとくしゅうすい）も、大逆事件の主犯として死刑判決を受ける前の一九一〇（明治四十三）年十一月十一日、市ヶ谷監獄から堺利彦に宛ててつぎの詩を書いている。

獄中書感　　幸徳秋水

きのうまでのあやまちは
すべて僕のものだから
囚われの身になろうとも
恨むことなどなにもなかった

獄中書感

昨非皆在我
何怨楚囚身
才拙惟任命
途窮未禱神
死生長夜夢

ささやかな才で
ただ命にみちびかれ
道がゆきづまろうとも
まだ神にいのらない

栄辱太虚塵
一笑幽窓底
乾坤入眼新

生と死は
長き夜の夢
名誉と恥辱は
虚しき空の塵（ちり）

陽のあたらない窓の下でほほえめば
天地のみずみずしさが目にしみる

大逆事件とは、製材所づとめの宮下太吉が明治天皇暗殺を計画したとして逮捕されたのを発端に、全国の社会主義者がつぎつぎと逮捕され、そのうち十二名が処刑された思想弾圧事件である。官憲は事件とかかわりのない幸徳秋水を首謀者に仕立てあげ、裁判ではひとりの証人も出廷させず、またいっさいの記録を残さないという徹底ぶりで、社会主義運動の根絶をねらった史上空前の捏造(ねつぞう)として国内のみならず諸外国にも強い衝撃をあたえた。

「途窮未禱神」(途(みち)窮すれどいまだ神に禱(いの)らず)という一句のスローガンとしての強度がすさまじい。非戦と平等の旗をかかげてペン一本で闘ってきた言論人とはこういうものなのか。

春三月縊(くび)り残され花に舞ふ　大杉栄

秋水らの処刑から二ヵ月のち、生き残った同志たちの茶話会で、大杉栄は寄せ書きにこんな俳句をしたためた。そしてそこから十二年間を生き抜き、さいごは関東大震災の混乱に乗じて、甘粕正彦率いる憲兵に虐殺された。『日本脱出記』は虐殺一ヵ月後に刊行された絶筆である。

数日後、またユキさんと会う。クリスマスイヴはどうだったとたずねると、

「義理の親が、アパルトマンを爆破したわ」

とユキさんが肩をすくめた。

「あらら。なんでまた」

「イヴの夜、べろんべろんに酔っぱらって、となりの部屋でガスストーヴを消しわすれて寝たみたい。そしたら夜中にガス爆発が起こって、もうとんでもない火事になっちゃった。ほら、うち安普請だからさ。それで結局、アパルトマンの全世帯が強制退去になって」

「それはたいへんだったね」

「爆発寸前に、胸が苦しくなって目がさめたんだけど、いやあ壁ってあんなに膨らむんだねえ。となりの部屋との壁が、まるでお餅みたいだったよ」

「はあ。で、となりにいた義理の親御さんは」

「死にました」

カフェですごしたあと、ユキさんの家族が爆破したＨＬＭの状況をふたりで見に行った。近くまで来ると、謎の男たちが建物の上階からソファをはこび出そうとして、ベランダの手すりから垂らしたロープにぶら下がっているのがみえた。

「あれ住人かな」わたしは首をかしげた。「それとも泥棒かなあ」

「さあね。なんにせよ、いつも思うけど、人間ってほんとタフだよ」

わたしの疑問に、そうユキさんは答えた。

海辺の雲と向かいあって

まだ乗ったことのない市バス路線の、始発から終点までを旅してみた。

バスに乗るのはもとから好きだ。さいきんはバスで片道四時間かけてミラノに行ってきた。田舎のバスはたたずまいが遠足っぽくていい。そのときの気分で路線を選び、始発から終点までを窓ごしにながめていると、たまたま村まつりをやっているのに出くわしたり、いつしか山の上に達したり、よそ者が来るべきではない地区に迷い込んだりと、なにかしらの思いがけないことも起きる。

もっと遠くへ出かける場合も、若いころはバスが多かった。時間がもったいないうえに体にさわるとまわりから諭されようと、明日死ぬかもしれないし、夫も別にいいよと言うので、のんきにほうぼうへ出かけたものだ。パリからだとフィレンツェは片道十三時間。プラハは片道二十時間。これだけ長時間バスにゆられていると、いわゆるなにかの道っぽいものをきわめられそうな期待が湧くけれど、なにかがきわまった気配は今日に至るまでない。

もっともわたしのしていることはささやかな、あまりにささやかな遊興だ。パラダイス山元『パラダイス山元の飛行機の乗り方』を読むと、実力派の無駄とはここまでくだらないものなのかとじーんとする。

マンボミュージシャンの著者は飛行機に乗るのが単純に好きで、乗り方の指南書を書いてみたらしい。わたしも飛行機に乗ったときの、あの心もとないゆらゆらした感じが好きで、さっそく学ぶために本をひらくと、これが飛行機に年間一〇二二回も搭乗したり、一日十一便に乗ったり、東京から名古屋までフランクフルト経由で行ったり、一年間ほぼ機内食だけで生きたりと、見事になんの役にも立たない指南がこれでもかと続くのだ。ちなみにこの本も全編機上で執筆したとのこと。完全にどうかしている。これは飛行機の乗り方ではなく、飛行機の住み方の指南書だったのだ。

なかでも戦慄を覚えたのは、到着空港から一歩も出ずに、乗ってきた飛行機で同じ客室乗務員とそのままトンボ帰りするというあそびだ。著者はこれを「タッチ」と命名しているのだけれど、このタッチ、バスであれば自分も数えきれないほど経験しているから心情はわからなくもない。とはいえ乗り物が飛行機となると無駄加減が恐ろしい。浮世離れしたお金の使い方込みで、これほどまで「雲の上の暮らし」を堪能している人は世界中さがしてもおそらく少ないのではないか。

山元氏はこう語る「遠くへ移動したからといって、いちいち旅情を感じたり、なにかその土地のものを味わったりしなければいけないという呪縛から解放されると、途端に移動そのものが大変ラクに感じ、『純粋な飛行機の移動』に集中することができます」。なるほど。達人とはこのようなものなのか。あ。いまこれを読んで、ドライヴも似たようなものだと思った人がいるかもしれないので書くけれど、それはシンプルに勘違いだ。公共の乗りもののわくわくは「時刻表」と「乗り継ぎ」といったふたつの装置がからんでいることを見逃してはいけない。このふたつがからまなければ、妄想の翼はあなたまかせの天空への飛翔をけっして試みないのである。

熟達ならびに狂気の差こそあれ、こんなふうに移動することそのものを愛する人びとがいる一方、のっけから動くのがうっとうしいとか、家を離れるのがさみしいとかいった人びともいる。そんな人びとが遠くへ移動しなければならないとき、いったいどれくらいの心理的負担を感じるものなのかわたしにはわからない。けれども、もしもその移動があそびではなく働き盛りのころの左遷で、赴任先が海の向こうの辺境で、おまけに家族がばらばらになるとしたらさすがに話は別だ。

重陽の日、役所でささやかな宴をひらく　菅原道真（すがわらのみちざね）

秋が来て　旅愁はこんなにもつのるばかり
ましてやいまは重陽の日の夕ぐれだ
庭先をうかがった村役の長（おさ）が菊を贈ってくれ
薬草園の園丁も土地の茱萸（しゅゆ）を分けてくれたが
杯を置いては租税の集め方を議論し

重陽日府衙小飲

秋来客思幾紛々
況復重陽暮景曛
菊遺窺園村老送
萸従任土薬丁分
停盃且論輸租法

筆を走らせては判決文を書いている　走筆唯書弁訴文
試験に受かり　初めて菊の宴に侍(はべ)ったのは十八のこと　十八登科初侍宴
今年はひとり　海辺の雲と向かいあっている　今年独対海辺雲

右は菅原道真がまわりからのやっかみで左遷され、讃岐国（香川県）に国司として赴任した年に書いた詩だ。「重陽」は九月九日の菊の節句。ほかの節句（一月七日の七草の節句、三月三日の桃の節句、五月五日の菖蒲(しょうぶ)の節句、七月七日の七夕）と比べていまでは廃れた感があるけれど、この日は見晴らしのよい丘でピクニックをし、茱萸の実を身につけて邪気を払い、長寿を願って菊酒を飲むのがならわしである。「府衙」は役所。「任土」は地元産の貢ぎ物。「登科」はもともと科挙の試験に合格することで、ここでは試験に合格して文章生(もんじょうしょう)になること。「輸租法」と「弁訴文」すなわち徴税と裁判は国司のもっとも重要な二大実務だった。

三十二歳で早くも文章博士(もんじょうはかせ)となり、中央の大学寮で十年近く教壇に立つかたわら、父祖以来の私塾である菅家廊下(かんけろうか)を主宰し、宮廷文人社会の中心だった学者の中の学者。

そんな道真に、讃岐行きの命が下ったのは彼が四十一歳のときである。辞令に驚き、涙を流し、後ろ髪を引かれる思いで赴任した讃岐だったが、そこで道真はこれ以上貧しくなりようもないほど疲弊した地方の現実を知り、しきりに都の暮らしを回想しつつも人として成長し、中央からの横暴な要求に意見することを憚らない、民衆のために働く役人となってゆく。

道真の胸には、みずからの使命は国司ではなく詩臣であるといった強い自負があったから、都の公宴詩会に思いを馳せながら、詩を賦すのではなく事務文書を書く毎日はこれ以上ない屈辱であったに違いない。そんな道真が風流のかけらもない職場で部下を集め、まわりの者が贈ってくれた菊と茱萸で重陽の節句を片手間に祝いつつ、いつもどおり地味な職務をこなすようすは、いまの時代に読んでも強烈なリアリティがある。村役の長、薬草園の管理人や部下たちとの交流もなまなましい現場の匂いを感じさせるし、職場のざわめきに囲まれながら、ひとりぼっちの気分で海辺の雲をながめているようすも胸の鼓動が聞こえてきそうだ。

道真は民衆に心を寄せようという思いがとても強かったようで、讃岐に赴任してはじめての正月に、近くの村老たちを官舎に招き、自家製の酒でもてなしたと詩に書いている。さらに土地の現状を知るために地方をまわって、そのようすをまとめた詩もあれば、夜、ふとんの中で望郷の念にひたりつつ、腐敗官吏たちを一掃できないおのれの無力さに涙を流している詩もある。いろいろなことがあまりにいまと変わらなくて、ううむと腕組みしてしまう。一労働者としての道真のすがたに共感を覚える人はきっと多いに違いない。

重陽の日の詩があまりに印象深いので、当時の讃岐国の行政がどんな環境だったのか、香川県埋蔵文化財センターの調査資料に目を通してみた。すると国司の下には最低でも六四〇名の役人がいて、おのおのの施設で働いていたとある。また国府と呼ばれる役所の施設が集まった官庁街には、讃岐の人たちが見たこともないような時代の最先端をゆくデザインの建物がならんでいたそうだ。国府の区画に建っていたのは、丁(ちょう)(政庁)、正倉(しょうそう)(稲などの倉庫)、兵庫(ひょうこ)(武器などの倉庫)、館(たち)(国司の家)、雑屋(ぞうおく)(実務をおこなう施設)などで、それぞれの施設を囲む垣や門も存在した。ちなみに丁(政庁)の敷地は一辺が一〇九メートル。中央の北寄りの位置に正殿、前殿、あるいは後殿が建ち、その東と西に脇殿が配置されていた。平安時代の地方の政治が、こんなに立派な規模だったとは予想もしていなかった。

生まれかけの意味の中で

俳句をやっているわりに漢字を知らない。「つつじ」も「かまきり」も「うどんげ」も「ごきぶり」も、正直ひとつとして書けない。もともと知識がとぼしいうえに、ここ二十年ばかり暮らしの中で漢字を使う機会がないせいだ。メモをとるときは、なるべくひらがなですます。

ひらがなは、それを覚えたとたん実践的に使えるといった意味でたいへん便利な文字だ。子どもはその習得と同時に「りんご」や「でんしゃ」などの単語や短い文をひとりで読めるようになる。ひとりで読むとは、孤独にひたるという知的営為の階段をのぼることでもある。

かたやアルファベットはどうかというと、それを覚えたところでたった一個の単語すら読むことができない。フランス語を例にとるならば、りんご pomme はポム、でんしゃ train はトランと読まなければならず、アルファベットを一文字ずつペーオーエムエムウーとか、テーエールアーイーエヌなどと発音しても、けっして単語は出現しないのだ。

そんなわけでフランスの子どもは、アルファベットの習得とは別に、たくさんの言葉をまずは文字のかたまりとしてひとつずつ暗記していかなければならない。またそれには第三者の手助けが必要となる。

ついでに書くと、フランスの義務教育では、いわゆる漢字の部首理解に相当する単語の語源（例：passeport は passer ＋ port の複合語で「港を通過する」がもともとの意味、等）であるとか、接頭辞や接尾辞（例：表現 expression は「内から外へ」の ex-と「押し出す」の pression とに分割される、等）を学ぶカリキュラムが必修科目から消えてひさしく、その文字のかたまりが大きくなってもあいかわらずぼんやりとしたかたまりのままという人がめずらしくない。と、こう書くわたしも似たようなもので、文字のことを、この世界のありとあらゆる観念および現象に貼りつく、正体不明のエイリアンのように感じているのだった。

ところで、日本人と話していて「フランスに暮らすことがあなたの俳句にどういった影響をあたえていますか」と訊かれることがあるのだけれど、これはかなりむずかしい質問だ。個別フランスに限定すると正直なにも答えられそうにない。ただしもっとひろげて「知らない言語の中に暮らす」ことの影響でかまわないならば、少しは語れることがある。

たとえば日本にいると、ひとりになりたくなって外部との言語的関係を完全に断っても、ふとした瞬間にまわりの文字や音声が体の中に流れ込んでくるのはどうすることもできない。ところが外国にいると、意識のチューニングがゆるむやいなや、まわりをとり囲むすべての言葉が一瞬でらくがきとざわめきに転落するので、自分の声だけが純粋に響きわたる状況というのがしょっちゅうおとずれる。つまり「知らない言語の中に暮らす」とは、外部からの呼びかけをうしない、自分の内部にある言葉だけを聞きながら生きる可能性をまずもって意味する。

ところが恐ろしいことに、この日本語がどんどん遠ざかってゆく。単語を忘れてしまうのだ。自分の言葉が脈絡のないらくがきじみた、かたことのうわごとに変質してゆくのが日に日に実感できる。ここさいきんは俳句と出会い、またこうやって日本語を書く機会があるおかげでずいぶん踏みとどまってはいるのだけれど、あいかわらず健忘症状は重い。

日本語が不自由になったことに加えて、わたしはいまでもフランス語がろくにできない。そのため意識のチューニングをフランス語の文字や音声に合わせたところで、その意味がはっきりとはわからない。とはいえ長く暮らしていれば、さすがにほんの少しはわかってしまう。この「ほんの少しわかる」というのがやっかいで、わたしはかれこれ二十年、いままさに言葉の意味が生まれそうで生まれずに、意識の出入り口にひっかかった状況で生きているのだった。

エクソフォニー(母語の外に出た状態一般)下における実存や言葉とのかかわりについての文章を収めた多和田葉子『カタコトのうわごと』にこんな一節がある。

日本語を全くしゃべらないうちに、半年が過ぎてしまった。日本語がわたしの生活から離れていってしまった感じだった。手に触れる物にも、自分の気分にも、ぴったりする日本語が見つからないのだった。外国語であるドイツ語は、ぴったりしなくて当然だろうが、母国語が離れていってしまうのは、なんだか霧の中で文字が見えなくなっていくようで恐ろしかった。わたしは、言葉無しで、ものを感じ、考え、決心するようになってきた。

この「わたしは、言葉無しで、ものを感じ、考え、決心するようになってきた」というくだりを読むと、ああ自分もそうだと安心する。

ともあれ、こんなふうに、フランス語も日本語もおぼつかない日々の中でわたしがほとほと思い知ったこと、それは思考とは記号の明瞭な分節がくりひろげるものではなく、脈略の糸のこんがらがったらくがきをたっぷりと含みつつその風景をかたちづくっている、ということだった。おそらく考えるとは、気の遠くなるほど大きな考えに至らない波のあわいを漂流し、潮水を飲んでは吐き、自分という意識さえもうしなった果てに未知の岸に打ち上げられるような冒険である。生きながらえたわたしは、傷だらけの流木につかまっている。まわりの人はその流木の傷を見てなにかが書かれていると思いこみ、あれやこれやと解読をはじめるだろう。けれどもわたし自身は、その傷がわたしのつけたものなのかすら記憶にないのだ。

こうした経験はわたしをすっかり変えてしまった。いまでは言語において、形式は反形式から分離できず、また反形式の痕跡をとどめない形式はないと思っている。

いしをふみみずをわたる　　小津夜景

朧月沓（おぼろづき／ほねとかわとがはなれるおと）
燕搏几（つばくらめ／はりつけにする／かぜがまえ）
英娘鏖（はなさいてみのらぬ／むすめ／みなごろし）
髏众甃（されこうべ／ひとがあつまる／いしだたみ）

瑳翠寓（あいらしくわらう／かわせみ／かりずまい）
而犇飄（しこうして／うしがおどろく／つむじかぜ）
砯夜漢（いしをふみみずをわたる／よ／あまのがわ）
醪答俠（にごりざけ／あつくかさねた／おとこだて）
秋虱痼（あき／じらみ／ひさしくなおらないやまい）
璡冬隣（ぎょくににたうつくしいいし／ふゆどなり）
梟忌磊（ふくろうき／いしのごろごろしているさま）

右は漢詩に触発され、訓読みの長い漢字を組み合わせてつくった「三文字俳句」の連作だ。括弧内は漢字のルビで、実質この句の読み下しになっている。三つの漢字をどのように匂いづけするか。またどのような視覚的および聴覚的バランスが好ましいのか。そんなことを考えながら書いてみた。

必死になって言葉へと手をのばそうとする思考。いままさに生まれんとしてもがく意味。非形式の海をくぐり抜けた古傷のあらわな形式。そうしたものをすくいとる方法として俳句は悪くない。ただしこの連作に、フランスで暮らすことの影響がどうあらわれているのかについては、自分ではまるでわからない。

砂糖と試験管

ひとくちにお菓子が好きといっても、食べるのが好き、つくるのが好き、ながめるのが好き、うんぬん、といろんな好きがある。

わたしはお菓子の道具が好きで、フランスに来て以来、ずいぶん長いことトランクひとつぶんの荷物とその道具だけで暮らしていた。これはいつまでこの国にいるのかわからず、身軽を信条としていたからなのだけれど、そんな状況でもお菓子の道具は必需品だったのだ。ステンレスやアルミの銀、鉄の黒、そして硝子(ガラス)の透明。道具はこの三色にできるだけしぼり、材料を計って調理台の上にならべると、気分はもう科学者である。

お菓子づくりの主材料には、肉や魚や野菜のような安定したかたちがない。だから出だしの作業は、かたちのないものに手を加え、スポンジ、メレンゲ、クリームなどの部品をひとつずつかたちづくるところからはじまる。時間、温度、計量をたしかめながら変幻自在の材料を手なずけ、ようよう部品が揃ったあとは、それらを慎重に組み立てる。材料をそのまま煮たり焼いたりしても食べられるごはんづくりとは性格が異なり、お菓子づくりには修行僧のひたむきさと、実験家のきまじめさが要求されるのだ。

そんな主材料の中でも別格の地位にあるのが砂糖だろう。砂糖は温度を変えるだけで、万華鏡のようにつぎつぎと新しい部品にさまがわりする。一〇〇度ちょっとでシロップになり、そこから少しずつ温度が上がるにつれて、フォンダンになり、キャラメルになり、銀の糸になり、金の糸になる。冷やし方によっても、原石のように結晶化したり、硝子のように無色化したり。もろいヌガー、かたいドロップ、そのほかいろいろなお菓子が、ただ温度をあやつることでこの世に現象するのだ。

ところで、ニースの港にコンフィズリー・フロリアンという砂糖菓子店があり、先日クリスマスイヴのデザート用の砂糖菓子を下見に行った。ここはつつましくならぶ調製ずみの砂糖菓子が目に新鮮な薬種問屋っぽい店で、むかしながらの作業風景を見学できるところも嬉しい。大きな窓からは港が見え、リヴィエラ地方らしい黄土色の建物が波止場を囲んでいる。かつてアンリ・マティスがコンフィズリー・フロリアンに通っていたころは、この波止場で荷降ろしされるカカオや香辛料でつくる新鮮なショコラが名物だった。

観光客らしい夫婦と入れ違いに扉をくぐると、店内にはほかの客がいなかった。わたしはそばにいた店員に来店の意図を告げた。すると店員は宝石のような、はたまた奇岩のような砂糖菓子をわたしのてのひらにおいた。

「こちらはベルガモットの飴（あめ）。おひとつどうぞ」

指でつまむ。透きとおる青緑が心地いい。夏目漱石『草枕』に「余はすべての菓子のうちでもっとも羊羹（ようかん）が好きだ。別段食いたくはないが、あの肌合（はだあい）が滑らかに、緻密に、しかも半透明に光線を受ける具合は、どう見ても一個の美術品だ。ことに青味を帯びた煉上(ねりあ)げ方は、玉(ぎょく)と蠟石(ろうせき)の雑種のようで、はなはだ見て心持ちがいい。のみならず青磁の皿に盛られた青い煉羊羹は、青磁のなかから今生れたようにつやつやして、思わず手を出して撫(な)でて見たくなる」と、菓子を石に見立てるくだりがあったことを思い出す。

「こちらはすみれの砂糖漬けです。こごった砂糖が、アメジストの原石のような」

ながめるだけで心が安らぎ、浄化され、神聖な心もちになる点は、たしかにアメジストの原石と向き合った感じと変わらない。わたしは、ああ、まるでたましいの薬だね、と心の中でつぶやいた。

実際に西洋では、蜂蜜や砂糖はずっと薬だった。古代には植物を蜂蜜にからめてゼリーや飴にして保存したし、砂糖が普及してからは錠剤も調製した。かつてフランスの調剤師は、国の法律によって、香辛料や砂糖をあきなう人びとと同業の組合に属してもいた。もっともこうした歴史は東洋も似たりよったりで、日本の白雪糕(はくせっこう)や落雁(らくがん)などの干菓子は中国の滋養菓子を真似てつくったものだし、江戸時代には薬屋が菓子をあきなってもいたのだ。

薬といえば、本職が医者だった木下梅庵が方外道人という筆名で刊行した『江戸名物詩』という本がある。これは天保時代における江戸の有名店を狂詩で紹介したガイドブックで、お菓子屋さんもいろいろ出ているのだけれど、この詩が軽妙淡白でいい。ためしに、吉原中ノ町にあった竹村というお店の紹介を引いてみる。

竹村の最中月　方外道人

白い最中は一片の月
巻き煎餅は逸品の味
四季折々にたずさえて
茶屋は常連の家を回る

竹村最中月

色白最中一片月
巻来煎餅品尤嘉
暑寒年玉又時候
茶屋携行得意家

広告の原型かと驚くくらい現代的である。要点をのがさず、すっきりとして、摺り物に添えても映えそうだ。巻き煎餅は有平糖を芯にして巻きこんだお菓子で巻絹とも呼ばれ、十八世紀初頭から江戸吉原の名菓として有名だった。女の肌を思わせる「色白最中」や、搔巻布団を意識した「巻来煎餅」といった吉原ならではの艶っぽい文句も、漢詩で書くと乾いてみえて興ざめさせない。もうひとつ、鈴木兵庫というお菓子屋さんの詩がこちら。

鈴木兵庫の菊一煎餅　方外道人
兵庫　麴町三丁目
誂えの煎餅に客が賑わう
ここにしかない朝顔の型
焼印はいなせな菊一の紋

鈴木兵庫菊一煎餅
兵庫麴町三丁目
誂来煎餅客紛紛
古今唯製朝顔形
焼做風流菊一紋

舞台が江戸だけに「古今唯製朝顔形」がかっこいい。「焼做風流菊一紋」も購買意欲を刺激するフレーズだ。当時の「風流」には美風、放蕩、好色といくつかの意味があったのだけれど、ここでは「ばさら」の文脈にとった。朝顔煎餅は元禄のころの江戸の名物で、ひらいたすがた、しぼんだすがた、ななめから描いたすがたなど、いろんなデザインのものが焼かれたらしい。木下梅庵は食べることが好きだったのか、『江戸名物詩』以外にも『茶菓詩』『干菓詩』といったおいしそうなタイトルの狂詩集を刊行している。

下見をすませ、わたしはコンフィズリー・フロリアンを出た。扉をあけたとたん、冬の港の匂いが鼻をついた。船のエンジン音が風に乗り、風景の断片となって流れてゆく。海沿いの道を歩きつつ遠くを仰ぐと、美しくすみわたる青がなにもない空の輪郭をくっきりと描いているのが見えた。その青をじっと観察するうちに、手ぶらで帰るのがなぜかさみしくなってしまったわたしは、たまに覗く雑貨屋に立ち寄った。そしてひどくいそがしそうにひまを謳歌している少女たちにまじり、小さな試験管に入ったシュガークリスタルのスティックを買った。

ショコラやマカロンに化けたり、きれいな植物を包んだりした砂糖菓子はもちろんすてきだ。でもあえて手をかけない、ただ煮つめて冷やしただけの砂糖だって悪くない。それに砂糖と試験管の組み合わせは、お菓子の本質をピュアについた、ファンダメンタルなコーディネートでもあるだろう。

紙ヒコーキの乗り方

友人の伴侶が、紙ヒコーキにはまっている。

空力的に最適なデザインを考えつつ、紙ヒコーキを手ずから折りあげ、屋外でとばす。ただそれだけのシンプルなあそびだ。

で、ある日の週末、折りたての紙ヒコーキをたずさえて近所の河川敷に出かけ、友人夫妻がのんびりすごしていたら、

「おやおや。もっととぶようになりますよ」

とかなんとか言いつつ見知らぬ男性が近づいてきた。そして、

「わたしは、ほにゃらら、という紙ヒコーキの会を主宰している者です」

と自己紹介し、紙ヒコーキについていくばくかの講釈を垂れたあと、なんと友人夫婦を紙ヒコーキ愛好家たちの会合に招待してくれたのだそうだ。後日、友人夫婦が案内された室内には、いつまでも宙を旋回しつづけるミステリアスな紙ヒコーキがたしかに実在したとのことだった。

「すごかったよ。紙ヒコーキがずっと、ふわふわ浮いてるの」と友人。

「うそ。そんなことあるの」とわたし。

「これがあるんだねえ」

「なるほどねえ」

「うふふ」

「うふふ」

そんなきつねにつままれたような会話をしたのがつい先月のこと。さいきんふと思い出して紙ヒコーキのことを調べてみたら、発泡スチロールペーパーでつくった紙ヒコーキは、わずかな気流の室内でゆっくりふわふわととぶ、との記述を科学方面のサイトにいくつも発見した。

とばすときは、けっしていきおいよく投げてはいけない。そうではなく、前方に向かって静かに押し出し、空気の層の上にうまく乗せるよう意識を集中するのである。とんでいる紙ヒコーキのうしろの空気を、ダンボールなどの板を使ってかすかに押してやると、紙ヒコーキが上昇気流に乗って、いつまでも宙に浮きつづけるとも書いてあった。

さらに発泡スチロール協会のサイトを調べたところ、発泡スチロールの原材料は直径一ミリ程度のポリスチレンのビーズで、このビーズを蒸気で加熱し、約五十倍に膨らませたものが製品となることがわかった。膨らませたビーズは、おのおの小さな空気の部屋、すなわち独立気泡を構成している。独立気泡。なんだかパウル・シェーアバルトの世界みたいである。成形のときも蒸気のみを使う。熱をあたえるとビーズ同士がくっつき、さまざまなかたちの発泡スチロールになるのだ。

はあ。なんということだろう。わたしは目をしばたたいた。発泡スチロールという製品の九八パーセントが空気、二パーセントがポリスチレンからできているとは思いもかけない幸福である。つまり発泡スチロールペーパーのヒコーキをとばすあそびは、空気の上にかぎりなく空気に近い物体を乗せるという、究極のエアーなたわむれだったのだ。たわいなさをかくもきわめるとは、実にすばらしいあそびである。

そのほか、紙ヒコーキときいて思い出すのは、ビート・ジェネレーションの芸術家にして人類学者、さらにはアメリカの民俗音楽復活のきっかけとなった史学的コンピレーション・アルバム"Anthology of American Folk Music"の編纂(へんさん)も手がけているハリー・スミスのことだ。実はハリーは紙ヒコーキのコレクターでもあり、彼がニューヨークのあちこちで拾った紙ヒコーキの中から厳選された二五一機が『紙ヒコーキ／ハリー・スミスコレクション1』（原題"Paper Airplanes: The Collections of Harry Smith: Catalogue Raisonné, Volume I"）という写真集になっている。それぞれの機体にはいつどこで手に入れたのかが記され、頁(ページ)をめくると、政党のビラだったり、マニラ封筒だったり、レストランのメニューだったりと、さまざまな素材で折られた紙ヒコーキが楽しめる。

どうしてハリーが紙ヒコーキに夢中だったのか、はっきりとしたことはわかっていない。ただし手がかりは残されていて、この写真集の冒頭には、わたしは自分の使命を人類学であると考えてはいるものの、畢竟それはただの娯楽、ほんとうの使命は死の準備なのです、来るべきその日、わたしはベッドによこたわりながら、この人生が目のまえから去りゆくのを見届けることでしょう、などと語った生前のインタビューが引用されている。

　思えばハリーの愛した紙ヒコーキは、どんなものでもよかったわけではない。それは空中から墜ち、うす汚れたごみとなった、ちっぽけな紙ヒコーキでなければならなかった。そうした遺物としての紙ヒコーキには、たしかに死とたわむれた果てのいきものみたいな不気味さがある。とすると、ハリーが拾い集めていたのは、やはり死の準備について考察するための資料だったのだろうか。

　死の準備といえば、タヒチに住んでいたポール・ゴーギャンが、かつてない情熱で昼も夜もなく働き、ついに完成させた《我々はどこから来たのか？　我々は何者か？　我々はどこへ行くのか？》という作品がある。このタイトルはキリスト教の教理問答にある三つの問いに由来するそうだが、ゴーギャンはこの絵を死の準備として描き、描き上げたあとほんとうに自殺を図った。

我々はどこから来たのか？　我々は何者か？　我々はどこへ行くのか？――こういった問いは、いつでもどこでも人間の頭を去ることがないようで、漢詩にもまったく同じ主題の詩がある。

（僕はどこから来たのか）　良寛

僕はどこから来て
どこへ去ってゆくのか
ひとり草庵の窓辺にすわって
じっと静かに思いめぐらしてみる
思いめぐらすもはじまりはわからず
ましてやおわりはもっとわからない
いまここだってまたそうで
移ろうすべてはからっぽなのだ

我生何処来
去而何処之
独坐蓬窓下
兀兀静尋思
尋思不知始
焉能知其終
現在亦復然
展転総是空

からっぽの中につかのま僕はいて
なおかつ存在によいもわるいもない
ちっぽけな自分をからっぽにゆだね
風の吹くままに生きてゆこう

空中且有我
況有是与非
不如容些子
随縁且従容

なんて紙ヒコーキの香りのする詩なのだろう。こんなふうに、からっぽの空にふわりと身をゆだね、風の吹くままに生きていれば、来たるべきその日、死者としてどうふるまうべきか、そのエレガントな作法がおのずと身につくのだろうか。それともその作法は、空をとべない人間にとって、とてもはかない夢なのだろうか。

良寛は江戸時代の僧侶。彼の和歌や書はいまでもファンが多い。漢詩もたいへん個性的で、いろんなテーマについての思考や観察をシンプルにまとめたアフォリズムっぽいものをたくさん書いている。ちなみに良寛自身は「僕の詩は詩じゃないよ」とのたまうのだけれど、これは謙遜ではなく、漢詩の規則などくそくらえという型破りの宣言だろう。良寛は禅宗の坊主ゆえ、くそくらえの精神は本流の作法だ。

（僕の詩を詩だというのは誰か）　良寛

僕の詩を詩だというのは誰か　孰謂我詩詩
僕の詩、それは詩ではないのだ　我詩非是詩
僕の詩が詩でないと分かる人こそが　知我詩非詩
はじめて僕と詩を語ることができる　始可与言詩

原詩のパンキッシュな字面がとてもいい。こんなことをわざわざ詩にしているというのもユーモラスだ。そして、どこからどうみても、この詩が一〇〇パーセント詩であるところもさすがである。

春夜の一服

どうして漢詩を読むようになったの、としょっちゅう聞かれる。

もとから関心があったわけではない。子どものころ、ガーデニングやインテリア雑誌が好きで、あれこれ読みあさっているうちに、思いがけずしてたどりついてしまったのだ。実は漢詩には「晴れの日は庭先で花を育て、雨の日は書斎で茶を飲む」といった調子の作品がやたら多いのである。

それがきもちよくて、翻訳をしてはブログに載せていたら、ある日、「あの翻訳にエッセイを添えて、あなた流の漢詩とのつきあい方を本にしませんか」との依頼が舞い込んだ。

くわしく話を聞くと「漢詩を知らない人にその面白さを知ってもらえるものを」との注文である。そこで業界のしきたりにこだわらず、気の向くままにデザインすることにした。住まい、暮らし、趣味、行楽、食べもの、料理、恋愛、ペットといった生活感あふれるものを選んだり、一字詩、回文詩、集句詩、狂詩などの言語遊戯的なものを集めたり。漢詩のおはこである戦争詠も、よそごとでないできごとをあつかいたくて、土屋竹雨「原爆行」に決めた。

ほかにもいろんな味や素材をおためし程度につめあわせ、気分はもう季節の折膳づくりである。編集者も乗ってきて、「読者への贈答品としての体裁をととのえましょう」と、造本を軽くて丈夫な菓子折っぽく仕立てたうえに、包装紙ふうの図案の表紙カバーと、ギフトらしさの出る金の帯をかけてくれた。

こうして無事に本ができ、あらためて思ったのは、漢詩はまぎれもなく詩だということである。詩は日常にはじまり、人の心と共振しつつも、日常から超然と隔たった、言語ならではの透明で抽象的な砦(とりで)をひそかに守っている。そしてその透明な砦のつれなさは、まるでからっぽの空のように、わたしを心底ほっとさせるのだ。

世界を愛することと、世界から解放されること。このふたつの矛盾した願いを漢詩もまた叶えてくれる。日常の扉から入り、いつしかすべてが無となる感覚を、あの本で味わってもらえたらとても嬉しい。

と、こんなことを考えながらつくった前作『カモメの日の読書　漢詩と暮らす』をめぐっては、読んだ方からさまざまな反応があって、なかでも面白かったのが訳詩の「かたち」についてである。わたしはできるかぎり自由詩のかたちに訳したのだけれど、漢詩の訳というと井伏鱒二の「ハナニアラシノタトエモアルゾ／『サヨナラ』ダケガ人生ダ」みたいな定型詩のかたちを想像する人が多いらしい。

定型詩のかたちの訳というのは、音数合わせのために原詩の内容を大胆に変更しがちで、意訳の妙技を楽しむのには向いていても、実際に作品に書かれていることをそのまま読者に伝える目的にはなじまない。ただ、もしも読者のことをまったく意識しなかったとしても、やはりわたしはできるかぎり自由詩のかたちに訳したのではないかと思う。その理由はいたってシンプルで、松浦友久『漢詩―美の在りか』にあるように、そもそも漢詩は定型詩でなく、明治になるまで日本で唯一の文語自由詩だったからだ。

歴史上、日本人が漢詩というとき、いつでもそれは読み下し文を意味してきた。つまり漢詩は視覚的・観念的には定型でも、聴覚的・実際的には音の数に縛られないフリースタイルの表現として人びとに受け入れられ、愛されてきたのである。この認識はものすごくたいせつで、たとえば日本人が脈々と漢詩に求めてきたものとは、実は自由詩の感性だったのではないかとか、江戸後期から明治にかけて起こった漢詩ブームも、近代の夜明けを呼吸する人びとが、より自在な言葉のテンポに自分の感情を乗せたかったからなのではないかとか、さまざまな想像がひろがるし、またそこから見える世界も、とうぜんこれまでとは違ってくる。

あとわたしは、漢詩をわざわざ定型詩のかたちに訳したり、ときに文語を使ったりするのは、もしかすると民族意識の高揚や古代への憧憬を背景として近代に流行した一種のロマン主義だったのかもしれない、と考えることもある。なぜかというと、江戸時代の有名なベストセラー本である柏木如亭『訳注聯珠詩格』や、田中江南『六朝詩選俗訓』が、どちらも口語自由詩の訳だったからだ。

子夜四時歌・秋　無名氏

すゞしきかぜに　まどをあけてねれば
かたむく月がさしこみてらす
よふけ　人しづまりて
かやのうちに　ふたりのわらひがきこへる（ママ）

子夜四時歌三十首　秋歌

涼風開窓寝
斜月垂光照
中宵無人語
羅幌有双笑

田中江南『六朝詩選俗訓』より引用した。「かやのうちに　ふたりのわらひがきこへる」という結びがとんでもなくクールかつエロティックで、定型詩のかたちの訳がややもすると陥りがちな懐メロ臭さがみじんもない。江戸時代の漢詩翻訳には、すでにこういうものがあったのだ。

とはいうものの、わたしは定型詩が嫌いじゃないので、内容を改変することなく定型詩のかたちに収まる作品がもしあれば、とうぜんためしてみたくなる。

はるのよる　蘇軾（そしょく）　春夜

はるのよの　ひとときは　かけねなき　ゆめごこち　春宵一刻値千金
きよらかに　かおるはな　ほんのりと　かげるつき　花有清香月有陰
うたげなす　たかどのの　ほそぼそと　ねはとどき　歌管楼台声細細
なかにわの　ぶらんこに　しんしんと　よはふける　鞦韆院落夜沈沈

「宵」は夜と同じ。「一刻」はひとときた。水時計の目盛りでいえば、一刻が三十分、四十八刻が一日である。いまの人は一刻と聞くと、一秒きざみのイメージを抱きがちだけれど、そういった極度に細分化された時間感覚は近代の産物なのだ。むかしの詩は、たとえ刹那が描かれようと三世の夢が収まるくらいのたっぷりとしたヴォリュームを感じさせたし、またどれだけ豊かで肉づきのよい時間を内包しているかが詩のたいせつな価値でもあった。おそらくは人間の命がいまよりずっとはかなかったがために。

ところで、ここからまったくの余談になるのだけれど、「春宵一刻値千金」といえば、古田織部のもとで茶会がひらかれた折、上林春松（かんばやししゅんしょう）のたてた「雲切（くもきり）」という銘柄の濃茶を飲んだ客が「ものすごくおいしかったです。春宵一服値千金でした」と、シュンショウの音をひっかけて感想を言ったとの話が『醒睡笑』にあって、昭和のおわりごろはまだ世間に知られていたと記憶している。チェリー愛煙家だったわたしの母は、これをさらにひねって、ことあるごとに「春宵一服タバコにしよう」などとつぶやきながら煙草（たばこ）に火をつける人だった。

この「春宵一服タバコにしよう」という言いまわしを、幼いころのわたしはなぜか開高健のコピーだと信じていた。たぶん母がそう言ったのだろう。実際は開高健ではなく、山東京伝の「烟草一式重宝記」という引札（いまでいう広告ビラ）をコラムに仕立て直した滑稽本『春宵一服煙草二抄』のもじりから来ている。ちなみにこの滑稽本の著者は京伝の弟・山東京山。なかなか多才な兄弟である。

そんなわけで、わたしの思い描く春の宵のイメージは、蘇軾の作品をもじった滑稽本のタイトルと結びつき、独り酒ではかもしだせないすがすがしさと、すこやかに自立した孤独とをいまでもまとっている。そしてそのふところには満開となったチェリーの甘い香りが薫きこめられ、まさにかけねのないひとときとして、母の思い出とともにゆったりと流れているのだった。

ベランダ暮らしの庭

ここのところ、ベランダで暮らしている。望んでそうしているわけではない。新型コロナウイルスの感染拡大を抑え込むため、フランス全土の封鎖ならびに外出禁止の命令が出た当初は、日に三回の休憩をベランダですごしていたにすぎなかったのだ。それが十日を経たあたりで朝ごはんと昼ごはんをふくめた五回になり、二十八日をすぎてからは部屋にこもっているのがつらくて、ついに労働と晩ごはんまでベランダにもちだすようになった。

こうして、ささやかな気晴らしの空間だったはずのベランダが、生活の中心となったのである。

さらに外出禁止令が出て以来、アパルトマンの共同階段を、地階からわが家のある六階まで日に六往復している。心と体の健康のためだ。まわりの友だちも、不摂生や無気力に陥るのを予防するために、かつてない挑戦にもくもくと身を捧げている。ある者は工事現場におもむいては、足場を組んである単管パイプにぶら下がり、警官の目を盗んで日々懸垂しているし、またある者は明日への期待感を絶やさぬために懸賞メールを一日一通出している。しかしもっとすごいのは、封鎖がおわるまでに百個の漢字の読み書きを覚えると決めた者だ。書き順を知らずして百個覚えるのはたぶん無理だよと助言すると、あなたを教師として雇うわと言ってきたから本人はやる気なのである。それから昼どきになると、ご近所の老人が伴侶同伴で、ちょうどベランダの下にある広場にあらわれて、毎日半時間ほどジャズトランペットのリサイタルをひらいている。これもルーティンをこなすことに意義があるっぽい。一曲吹きおわるごとに、あちこちのベランダから拍手が起こる。

ベランダにはすっかり色の抜けた木製の脚立があって、踏み台にハーブの鉢をならべている。鉢と鉢のあいだには鳥のための浅い水盤がある。ふだんはちょくちょく来客を見かけるのだが、さいきんはいつもベランダにわたしがいるからだろう、ただの一羽も水を飲みに来ない。

ある朝、ベランダの椅子をひろげて水盤を覗(のぞ)きこむと、バジルの葉が映った水面に、上の階のベランダから落ちてきた枯葉が浮いていた。枯葉の上ではてんとうむしが眠っている。その光景を目にして、わたしは白居易(はくきょい)とならび称される中唐の詩人・韓愈(かんゆ)の庭を思い出した。韓愈がこよなく愛したのは立派な庭園ではなく、さまざまな生き物が共生するビオトープだった。ビオトープにおいては水たまりこそが宇宙の心臓である。

五首から成る韓愈の連作「盆池」では、小さな鉢の中に人工的に生態系をつくりだしてあそぶ日々が随筆のタッチで描かれる。盆池というのは陶製または石製の盆を庭に埋めた池で、めだかを飼うときの睡蓮鉢(すいれんばち)などもそのひとつ。韓愈は、子どももみたいに小さな瓦鉢を土に埋めて水をはり、蛙(かえる)の鳴き声を聞いているうちにいつしか朝になっていたこと、また彼を笑う人たちに向かって、いまちょうど蓮根(れんこん)の先が揃(そろ)って生えてきたところだから、雨の日になったら水が葉を打つ音を聞きにおいでよと誘ったこと、あるいは毎日朝が来ると鉢の水がなぜか澄んでいること、その水面に名前も知らない無数の虫がいること、そして虫が去ったあとの水中に小魚が列をつくって泳いでいたことなどをつづる。

鉢の池　その五　　韓愈

池のひかりと天のかげは　ともに青く染まっていた
そそぎこんだ数甖(びん)の水が　岸に打ちよせ波となった
夜がふかまり　明るい月が去るのを待って
のぞきこもう　あまたの星が水に泳ぐのを

盆池　其五

池光天影共青青
拍岸纔添水数瓶
且待夜深明月去
試看涵泳幾多星

右の詩が五首目である。盆池にゆらめく星をながめたくて、暁まで寝ずに待っている韓愈のすがたは童心の神のようだ。天を映す／移すことで無窮の奥行きをあらわにするこの水面には、実景をただながめるのではつかみがたい宇宙の素顔が宿っているのだろう。もうひとつ、こんな水の匂いのする庭の詩を思い出した。

初夏幽荘

緑樹重陰水石居
蓬蒿不剪没階除
簾前燕子斜陽外
竹裡竜孫新雨余
酌罷牽眠一壺酒
読残慵斂半牀書
消閒終日長松下
徐見孤雲出岫舒

初夏の幽荘　　原采蘋

新緑の深い蔭(かげ)には泉水と庭石があって
雑草は刈られずに踏み石も埋もれたままだ
すだれごしの燕(つばめ)は夕日のかなたへとんでゆき
たけばやしの筍(たけのこ)は今しがたの雨にぬれている
わたしを眠りへとさそう飲みさしの一壺(いっこ)の酒
ものうく散らかっている読みかけの寝床の本
たいくつしのぎに　日がな高い松の下で
山の洞から雲が湧くのをのんびりながめている

幽荘は、その文字の雰囲気からして、行き届きすぎだと感じさせないような手入れが望ましい。「重陰」は深い影。「水石」は泉水と庭石。「階除」は中国語で階段のことだけれど、ここでは日本家屋なので踏み石を指している。おしまいの「孤雲出岫舒」は古く中国で、雲は山の洞穴からぷうっと湧き出るものと考えられていたことに由来する描写だ。

これを書いたときの采蘋は二十歳そこそこで、若さと知性とにあふれ、ものぐさの美学もすでに知っていたようだ。生い茂る草の見える室内で、杯を片手に本を散らかし、しっとりとした竹の香りを嗅ぎ、簾（すだれ）越しに燕をながめながら、ごろりと床にまどろむといった一連の流れは小説のように克明で、かつさっそうと風の抜けるようなラフさがある。

またこの詩の見せ場はなんといっても第五・六句の対句だろう。「わたしを眠りへとさそう飲みさしの一壺の酒／ものうく散らかっている読みかけの寝床の本」を訳さずそのまま読み下せば「酌（く）み罷（や）みて眠りを牽（ひ）く一壺の酒／読み残して斂（おさ）むるに慵（ものう）し半牀（はんしょう）の書」となる。こんな贅沢（ぜいたく）な表現を、いったいどうやって訳せばいいのだろうとはじめは思ったけれど、しばらく忘れていたらあるときさしあたっての答えらしきフレーズが思い浮かんだ。おしまいの第七・八句は、いきなり松の下で雲をながめているカットに変わり、とてもキュートなエピローグふうだ。

それにしても水の庭というのはいいものだ。外出禁止令が解かれたら、小川の流れる場所に出かけ、木陰の石に腰をおろして花の風に吹かれよう。そのころニースはすでに初夏だから、近所には山法師が咲いているだろうし、少し離れた海辺にあるロスチャイルド家の幽荘も薔薇(ばら)が見ごろになるだろう。吹き抜ける潮の香りの風にあおられ、白く燃えあがる薔薇のむれ。重々しい影をふたつに割って、うすぐらい幽荘の扉を押しひらく光。幽荘のレストランから小さな帆船を見下ろしつつ、テーブルのグラスを水でみたす光景をわたしは胸に思い描いた。

晩ごはんを片づけてお茶をしていたら二十時になった。近所の窓がつぎつぎとひらき、みんなベランダに出てきた。そしていまこの時間も新型コロナウイルスと闘っている医療従事者の健闘をたたえるため拍手をはじめた。タンバリンを叩(たた)く音や、自転車のベルを鳴らす音も聞こえてくる。

三分ほどして拍手はおわった。椅子をたたんで部屋に入るとき、なぜかそうしたくなって、わたしは本棚に飾ってある砂漠の薔薇をつかむとベランダにもどった。そして花の種をまくように、砂漠の薔薇を水盤の底に、ころん、と転がした。

文字の消え去るところ

むかしは手紙を書くのにとても時間がかかった。まずなにを書こうか考えないことには書き出せなかったし、言葉づかいや文章のつじつまにも頭を悩ませた。それから筆跡にもこだわっていたと思う。

さいきんはそうした気苦労がない。頭をからっぽにしてとりあえず言葉をおき、そこから連想するあれこれをいきあたりばったりにつづってゆく。よわいを重ねて、手紙はそれでじゅうぶんだということがわかったのだ。

そんなふうにして、いろいろな手紙を書いた。あいさつもなく、いきなりはじまりいきなりおわる、異次元から降って湧いたような手紙。こみ上げる思いを絶頂の手前ですっと収めた、ひなびた噴水みたいな手紙。ペンの色を変えて別の話を一行ごとにつづった、いくつものおしゃべりが同時に聞こえる手紙。書きながら自分で文字を編み出してゆく、ほやほやの古文書っぽい手紙。

文字の巧拙についてはもうどうでもよくなった。というより、寝癖みたいな自分の文字が正直つくづく面白い。文字はときにわたしの分身だったり、またときにわたしのあずかり知らない生き物だったりする。紙に向かい、ペンをにぎると、指の先から生き物がどんどん湧いて、指先を離れたあとも、まだもぞもぞとうごめいている。そのうごめきはわたしのよく知っているなにかに似て、それがなんなのかずっとわからないままだったけれど、動く彫刻モビールであることにいま、ほんとうにたったいま気がついた。モビールのいいところ。宙に浮かんでいるところ。そわそわと元気そうなところ。モビールの元気のひみつ。ことのほかしっかりした骨格。空気とたわむれるそぶり。よし、これから文字を書くとき、このひみつを意識しよう。

筆跡へのこだわりがなくなってから、かえって他人の字をよく観察している。また書体というものの成り立ちにも関心が向くようになった。篠田桃紅『墨いろ』にこんな一節がある。

日本の平安期の「葦手(あしで)」というかながきの形式は、水辺の草のなびいている感じに、行間や行の頭を不揃(ふぞろ)いに、連続体のかなで書かれたもので、手紙などが多いが、いかにも王朝の抒情(じょじょう)的な文章をつづるのにふさわしい形式である。時代が下って勘亭(かんてい)流の書、また芝居の文字、その楷書とも行書ともつかぬ書体は、江戸の町方の、かたくるしくない闊達(かったつ)な生活感情から生まれた表情を持っている。あきまを少なく太く埋めるような書き方にはユーモアもある。

桃紅は日常の文脈に囲い込まれない、つまり目的に方向づけられない抽象的な墨のひろがりを造形しようとした書家兼美術家で、若いころはふだんづかいの文字にそれほど関心が向かなかったらしい。桃紅の作品を見ると、それはそうだろう、と思う。むしろ彼女の口から暮らしの息づかいが感じられる文字の意匠を楽しんでいる話を聞くと、かえってふしぎな感じがするくらいだ。

とはいえ、ふだんづかいの文字の中にも、日常と非日常との境を無効にしてしまうような変種はある。たとえばフランス人が小切手や受取票に書きつける、ただのらくがきにしか見えない署名。彼らが署名するところに出くわすと、名前の上にばってんをつけているかのような、存在を見せつつ消しているかのような、そのきわめて独特な紙への傷のつけ方にわたしは軽くおののく。そして記号（シンボル）であることをやめ、かといって図像（イコン）と呼ぶにふさわしい意匠をまとうわけでもなく、ただの刻印（インデックス）に成り下がった文字が、満身創痍（まんしんそうい）で紙の上に倒れている署名者その人のように思われて、吐き気をもよおすこともあるのだった。あるいは彼らの署名は、「~~ここにわたしがいる~~」といった見せ消ちに自分自身を変換することによって、幽霊としての永遠の命を手に入れる呪術かなにかなのだろうか？

中国人もまた、文字とのあいだにはもちろん、紙とのあいだにもひと癖もふた癖もある関係を築いてきた。文字の書かれた反故（ほご）を惜字紙（せきじし）と呼び、それを敬って専用の焼却炉で焼いてきたこともそのひとつで、日本国内でも中国文化のなごりが色濃い長崎、大阪、そして沖縄にこの焼却炉が現存している。焼却炉は、惜字炉、惜字塔、焚字炉、字庫塔、文風塔、敬聖亭などさまざまなヴァリエーションで呼ばれ、いずれにも共通して感じられるのが反故に対するひとかたならぬ愛惜だ。

古い本の中の古紙に書く　王国維（おうこくい）

昨夜　本にはさんだ古い紙を見つけ
今朝　つれづれに新しい詩を写した
ひさしく本箱に隠れて無事だったものを
いまごろ手中に収めるとはふしぎな縁だ
薄汚れた紙よ　誰がおまえの恨みを知ろう
墨を塗り重ね　痴（し）れた自分に笑みをこぼす
書き上げた詩は惜字炉の火に手わたし
人間の善と悪もろとも葬ってしまった

書古書中故紙

昨夜書中得故紙
今朝随意写新詩
長捐篋底終無恙
比入懐中便足奇
黯淡誰能知汝恨
沾塗亦自笑余痴
書成付与炉中火
了却人間是与非

「故紙」は古紙。「篋」は箱。「黯淡」は薄暗いこと。「人間」はもともと世間という意味だけれど、王国維の詩では、いわゆる哲学的文脈でいうところの人間を指すことが多い。

王国維は清朝末期から民国初年にかけての時代を生きた知識人で、若き日はショーペンハウアーの思想に共鳴し、そこから文学に移って中国の古典を再評価したあと、晩年は甲骨文字の考古学研究で目ざましい業績を上げ、さいごは五十歳で入水した。一九〇〇年の暮れから一九〇一年にかけて日本に留学していたことがあり、一九一一年の辛亥革命の折も日本に数年間亡命していた。この詩を書いたのは彼が二十六歳だった一九〇三年。ちょうど師範学堂の教員となり、同年夏から翌年春にかけてショーペンハウアー『意志と表象としての世界』を耽読していたころだ。

〈書かれること〉からのがれ、ひっそりと無垢なまま隠れていたのに、ひょんなことから人間の手につかまり、黒々とした文字でけがされてしまった紙。そんな紙に対し、かりそめの同情をよせつつもその上に墨を重ね、さいごはそれをためらうことなく炎の中へと葬り去ってしまう――。王国維はドイツ観念論から出発した人ではあるものの、この詩から漂う〈書くことへの懐疑〉は、文字と紙とにまつわるものだけあってすこぶる中国的だとわたしは思う。思索するおのれの言葉への不信といった倫理的次元についてはともかく、文字で紙をけがすことへの嫌悪といった感性的次元についてはまったく西洋人の感じ方ではない。西洋にも文字を書くという行為について語る者はたくさんいる。またその中にはひとかたならぬ文字の美学を追い求める者もまじっている。けれども惜字炉をもたない彼らの中に、欲望としての文字と無垢としての紙という視点でもって紙を憐れみ、おのれのむごさを嘲り笑ったことのある者がどれだけいるだろう?

またわたしは、愛情きわまって冷酷と転じたかのような王国維のふるまいに、「~~ここにわたしがいる~~」といった、文字によって実現する自己存在の幽霊的なありかたの行き着く果てをも見る。かつてサルトルは『想像力の問題』において、美は、想像的なものにしか帰することのできない価値であり、世界を、その本質的構造において無化することを伴っていると述べたけれど、文字を書いては惜字炉に焼べ、書いては焼べをくりかえすことも世界を無化するいとなみである——この詩にもたしかにそう書かれている――以上、実は想像的な美のヴァリエーションではないか、と思うのだ。もちろん王国維その人が、想像的な美について思いをめぐらしていたというのではない。彼をとらえていたのはむしろ一種のニヒリズムだったに違いないのだから。ただ文字が燃えつきたあとの灰に、自己存在の幽霊的なあり方の極北をわたしが個人的に感じるまでのことである。われは灰なり、文字の幽霊なり、といったつぶやきを。

鏡とまぐわう瞳

アパルトマンの共同玄関にある郵便箱をあけると、voyanceと書かれた名刺サイズのチラシが入っていた。

voyanceとは透視術のことである。透視術のチラシは少なく見積もって、だいたい月二、三枚ポスティングされている。この種の活動に興味のないわたしには完全に未知の世界だ。

というようなことを、いつだったか地中海を見下ろす城址（じょうし）公園の、きもちのよい風の抜ける松の下のベンチでマリーに話した。するとマリーは、こんがり焼けたバゲットの尻尾をちぎっては足元に撒（ま）きながら、わたしも占いには関心がないんだけど、知り合いに占い師がいてね、と、彼女が知るかぎりの占い師事情についておもむろに語り出した。

「占い師はおおむねヘテロセクシュアルの女性で、あとはホモセクシュアルの男性が多いの。新聞や雑誌に広告を出し、事務所をかまえ、料金は五十ユーロから百ユーロくらい」

広告はわたしも知っている。だいたい雑誌のうしろの方に小さく、ほかからひっそり隔離されて、占いと売春を募る広告がいっしょになった欄があるのだ。わたしの購読している雑誌にもついていて、なぜ占いと売春がひとつの枠なのだろうと見るたびにふしぎになる。

「あとたまに無認可の精神分析医というか、セラピストみたいな人もいてね、ん、なに、電話で営業してくる人？　あれは高価な原石を買わせたいとか、占いをよそおった別の商売よ」

「透視の道具はなんなの？　水晶とタロット？」

「そう。いろいろ。そうだ、カフェドマンシーって知ってる？」

「ん？」

「café・do・mancie. コーヒーの飲み残しから運勢を判断するの」

なんと。それはいわゆる茶柱的なものなのか。にわかに文化史的な興味が湧き、マリーと別れたあと自分で調べてみると、ジョゼフ・デスアール／アニク・デスアール『透視術――予言と占いの歴史』に「この風変わりな透視のメディアは、現代ではフランスの占い師の間で使われることはまれである。大流行したのはベル・エポックの頃で、今ではほとんどかえりみられない。その起源はおそらく十八世紀の終わりであろう。この占い術にかんする最初の文章は、フィレンツェの占い師、トマス・タンポネッリによって書かれている。実際にこのメディアを使う場合には二通りのやり方がある」（阿部静子、笹本孝訳）とあった。

二通りのやり方とはこうだ。（1）よく水を切ったコーヒーの出しがらをソーサーにあけ、数回ゆすってひろげる。あるいは（2）カップの中のコーヒーを少しだけ残し、ひっくり返してソーサーにかぶせる。こうして生まれた模様のかたちからメッセージを読みとるのだ。ほかにも卵の白身占いや、インクの染み占い、水中の気泡占いなどなど、いにしえの占い師が、ありとあらゆる現象から未来や過去を読みとってきたことが記されていた。

さらにマリーいわく、占い師はうつろな目をもつ人びとである。わたしの知り合いは目を見ひらくと、ほんとになにも見てないみたいな顔になるわよ。驚いて、思わずこっちから覗(のぞ)き返してしまうくらい。でね、そうやって覗き返すんだけど、うつろになった彼女の前では、その瞳の中に映る小さなわたし自身を見つめることしか叶わないの。まるで鏡を覗くみたいに。

マリーの話を聞きながら、そういえば「ひとみ」の語源はギリシア語でも日本語でも「人見」だったな、とわたしは思った。たしかアリストテレスの本に、それにかんする記述があったはずである。さらにいうと、日本語の「かがみ」の語源は「影見」の転で、つまり鏡とは存在とその影とが目合(まぐわ)う境界のことだ。神器の道具、占いの水晶、さまざまな硝子(ガラス)、水たまり、よく磨いたスプーンやナイフ、もちろん眼鏡や瞳も、もののすがたかたちを映し出す境界はすべて鏡である。日本の歴史物語に『大鏡』『今鏡』『水鏡』『増鏡』というのがあるけれど、これらのタイトルも、ありし日の群像を覗きこむといった意味合いから来ている。

鏡に映す　島田忠臣（しまだのただおみ）

照鏡

勿論同人与異人
鏡中鏡外両般身
閑亭独坐無遊伴
毎覚交朋発鏡頻

同じ人か別の人かと
あれこれ言ってもしょうがない
鏡の中と鏡の外には
それぞれの体が存在するんだ
しずかな庭の亭にぽつんと座り
あそびもせずにすごす日は
人が恋しくなるたびに
なんども鏡をひらいてみる

「勿論」は「もちろん」ではなく「あげつらうことなかれ」と読み下す。「亭」は庭にもうけた小さな休憩所。屋根と柱があるだけで、屋内が外の空間にひらかれたつくりになっているものをいう。

この時代の漢詩にみられる鏡は、日常の身だしなみのために使われたり、あるいは嘘（うそ）をつかない道具として老いをあばくために使われたりするのがふつうであって、「見る自己」と「見られる自己」の関係とか、その再統合の可能性とかいった、いわゆる鏡像をめぐる意識におよぶことがない。それなのにこの詩は、鏡を介してまぐわう存在とその影とが描かれている点でとびきり新鮮である。ただし忠臣は、自分自身とその影とを話題にしながらも、それらがどのような関係なのかを考えようとはしない。鏡はそれを見る者がいてはじめて意味をもつのだから自意識と深くかかわって当然のはずなのに、そんなことは気にしてもしょうがないとはっきり言ってしまう。だがもちろん忠臣は、ほんとうになにも考えていないのではない。実はこうした態度は大日経の哲学の系譜にあって、たとえば空海は、十種類のまぼろしについて論じた「十喩詩（じゅうゆし）」の一篇として、鏡の中の仮象についてこんなふうに書いている。

非有非無離言説　有にあらず　無にあらず　言説を離れたり
世人思慮絶籌量　世人思慮するに籌量を絶つ
莫言自作共他起　言うことなかれ　自作と共と他起と

鏡の中の像というのは、あるともいえず、ないともいえず、言葉を超え、人の考えのおよばないものだから、自分がつくったとか、自分以外のなにかが起因したとか、自分となにかの共同作用だとか、そういった思いつきをならべて真理をもてあそんではいけない。わかりたいという煩悩に流されず、つねに冷静でなければいけない。鏡を覗くときは、存在と無という二元論が成立しそうでしないすれすれの臨界にたたずむ姿勢がたいせつなのだ。こんなふうに空海が書いたのを、忠臣はもっとずっとかんたんに書いた。

蜘蛛の巣の詩（55頁参照）もそうだけれど、忠臣という人はいつも自由かつ平明で、その見識の高さに読者が思わずひるんでしまうような書き方をしない。こういうのはもって生まれた性格なのか。それともつちかった教養のおかげなのか。とくにこの詩は後半のぽつねんとひとりあそびする光景に、かけねのない目でこの世界の現象と向き合っているような鷹揚（おうよう）でふくらみのある味わいがあって、むずかしいことを語る人よりもずっと哲人めいている。

無題のコラージュ

十代のころ、本を読んでいて、定型詩を、情緒的で、非論理的で、抑圧的で、制度を補完する性質の表現だとする見方になんどか出会ったことがある。

わたしは、定型詩それ自体は反動的などころかむしろ狂っている、だって定型詩の本質は言葉でも意味でもなく数なんだもの、数がすべてを決定する掟（おきて）の世界なんだもの、人間にはどうすることもできない超越性と向き合った状態で、なにかを語らなければならないんだもの、と思っていたので、そんな素朴な見方があることにあっと驚いた。

定型詩の本質を数に見るといえばジャック・ルーボーもそうだ。日本では小説「オルタンス」シリーズで知られるルーボーは『もののあはれ』『三十一の三乗』『連歌』(オクタビオ・パスほかとの共著)ほか、和歌、連歌、俳句にまつわる本をたくさん書いている詩人であり、ブルバキ派の数学者であり、ウリポ(潜在文学工房)の俳句産出法「ハイカイザシオン」の考案者でもある(ちなみに提唱者は別にいて、そちらは『地下鉄のザジ』のレーモン・クノーだ)。そんなルーボーが日本の定型詩に興味をもったのは、それらが五・七・十七・三十一といった素数から構成されている点に、詩に内在する美の形式的および構造的根拠を思索する手がかりを得たからなのだという。これはすごくいい話。目のまえがぱっと明るくなる。

俳句は十七音のフレームに世界をおさめつつ、そのフレームの奥へ向かってイメージとか、テキストとか、マテリアルとか、テクニックとかいったレイヤーを重ねてゆくあそびだ。で、ここで誤解を生むのがフレームの存在で、これを一部の批評は鋳型にはめることだとみなして反動的だというのだけれど、いったいなんでそう思うのかが謎である。定型の使い手たちはそのつど新たに型と出会う、つまり世界を生き直しているのであって、カップケーキの型みたいなものを使用しているのではないのだ。ちょうど武術の型がそうであるように。

また定型が現実の時空とはまったく別の存在様式であることも批評は見落としがちである。起きて、食べて、働いて、寝て、といった日常の時空をいったん忘れ、抽象的な時空にワープするために、それはあるというのに。つまり定型は世間に隷属するのではなく、むしろそこから亡命する。ここも武術の型と変わらない。そして亡命という不安定の渦中で、自分をとりまく自然／文化／歴史などのレイヤーをどう十七音にフレーミングするのかを決め、日常べったりの知覚の外にある世界をつくりあげる。平出隆の詩形式論「拘束・リズム・散文」の中に「詩形式の『拘束』の意味を理解しえたとき、詩歌の作者は、定型と非定型とを問わずに、その『拘束』をつかって、『歴史的展開』の渦を脱出する契機をもつことができるかもしれない」とのくだりがあるけれど、わたしは俳句のことを、不安定からの投企、自由へと飛翔するダンスだと思っている。

ただこの「思っている」というのは、あえて説明すればそうだよってことで、実際にはあらゆることが考えるより前に決まるから、つまり、正直なにも考えていない。ほんとうになにも。怖いくらいに。というか、そもそも説明なんてできないのだった。うっかりしていた。語りうるもの、それはもう死んだ小鳥だ。

一方、漢詩はというと、こちらもかなりレイヤーにこだわる詩形だ。たとえば、晩唐の李商隠（りしょういん）は典故の多さで知られ、かわうそが捕った魚を岸にならべるように、自分のまわりに書物を敷きひろげて典故をさがしたことから「獺祭魚（だっさいぎょ）」とあだ名されていた。引用は古典ばかりでなく雑書のたぐいにもおよび、そのため出典が見つからないこともしょっちゅうで、大枠の意味も定まりにくい。そんなわけで李商隠は、とにかくむずかしいと言われている。

無題　李商隠

ざわめいたのは東の風
かぼそい雨を引きつれて

無題四首　其二

颯颯東風細雨来
芙蓉塘外有軽雷

蓮（はす）の池のずっと向こう
かすかに雷が鳴っている

鎖を嚙（か）んで　黄金の蟇（がま）は
香炉に煙を焚（た）きこめている
縄を引くと　翡翠（ひすい）の虎は
井戸の水をくみあげて回った

あの日　御簾（みす）ごしに
若盛りの韓寿（かんじゅ）を見つめていたのは賈充（かじゅう）の娘
あの日　形見の枕を
詩才ある曹植（そうしょく）に贈るしかなかったのは宓妃（ふくひ）

春の心よ　花と競いあってはいけない

金蟾齧鎖焼香入
玉虎牽糸汲井回
賈氏窺簾韓掾少
宓妃留枕魏王才
春心莫共花争発
一寸相思一寸灰

つかのまの恋は　つかのまの灰に帰す

こんなふうに、李商隠の作品は記憶や喪失にむしばまれ、強い暗示性でもってヴァニタス、すなわち人生の虚しさを描くといったバロック的性格をもっている。またタイトルが「無題」ということもあり(「無題」という題のつけ方は李商隠のおはこである)解釈のとっかかりも不足している。とはいえバロックを味わう醍醐味(だいごみ)というのが、主題を圧倒するような装飾の迷路をさまよいつつ、壮麗なシンボルの中でいつしか意味の詮索をうっとりと放棄することにある以上、詩人の真意を底の底まで見透かそうとするのがそもそもおかしいのだ。

第一・二句では春風、雨音、遠雷といった湿り気をふくんだ音の景色が、愛の欲望の抑えがたいざわつきを演出している。遠雷については、馬車の音のイメージへと横すべりし、恋人の来訪を予期させるしかけにもなっているようだ。第三・四句では金色の蟇のデザインの香炉で香を焚いたり、翡翠の虎がデコレーションされた滑車を回転させて井戸の水を汲んだりと、女性がプライヴェートの空間に恋人を迎えようとしているようすを描く。第五・六句は晋の賈氏の娘と韓寿、魏の曹植と兄曹丕(そうひ)の妃甄后(しんこう)といった、背徳の翳(かげ)をまとう禁断の愛をつぶやく。ラストの第七・八句は完全無欠のバロック的エピグラム。甘露と惨劇の蜜がしたたる「一寸相思一寸灰」の台詞(せりふ)は、字面もこの上なく美しい。

こうした書き方を俯瞰(ふかん)するに、おそらく李商隠にとって典故というレイヤーを重ねてゆくことは、コラージュを制作するみたいなものだったのだろうと思う。もっと詳しくいえば典故とは、それ本来の意味を借りて詩のロジックを補強したり、過去と現在といった時間差を利用して深さのパースペクティヴを構築したりするためでなく、逆にそこから語を切り離し、別の言葉とクロスオーヴァーさせてイマジネーションの内圧を高め、思いがけない反意味性や非日常性といった、時空の箍(たが)のはずれた美をうみだすための手法だったのだ。

たとえ全体を見通して書かれたかのようであっても、一篇の詩はつねに部分から拓(ひら)かれる。たとえひとつの「図」が抽出できそうな雰囲気をまとっていようとも、その図の「地」にはいくつもの断層が走っている。その断層の割れ目から響いてくる多声的な語り手たちによるささやきの不気味さこそ、李商隠を読むことの快楽であり、またそのからくりを担うのが、コラージュという制作方法だったのではないか。そしてむろんレイヤーにたいするこのような意識は、漢詩にかぎらずあらゆる定型詩が含みもっていることだろう。

ひょうたんのうつわを借りて

社会に出て一年たたないうちに二度の手術をした。

ああ、この先どうやって暮らしてゆこう。

そう困っていたら、手をさしのべてくれた人がいた。

毎日のお弁当づくり。職場との送り迎え。これだけでも恐れ入るのに、寝込んでいるときは気晴らしにと枕もとで本まで読んでくれる。ゲーテ、森茉莉、メーテルランク、羅貫中。いろんな本があった。そのなかでも印象的だった一冊がフリードリヒ・ニーチェの『この人を見よ』だ。

この本はニーチェおすすめの土地、風土、健康法、休息法に加え、みずからの生涯や自作までをも気ままに語った「ニーチェ自身によるニーチェ読本」で、やれ天才は空気の乾いた土地に集まるだの、やれ朝は脱脂ココアを飲めだの、やれすべての偏見は弱った内臓から来るだの、やれドイツ哲学が重たいのはドイツの食事が悪いからだの、やれ朝のすがすがしい時間に本を読むのは悪徳であるだのと、前半はやたら面白おかしい。ところが後半は雰囲気が一変し、頁をめくるにつれて孤独と悲痛とをつのらせてゆく。わたしはこの本のおかげで、自分語りの本懐とは正気と狂気とのあわいをゆれうごくことなのだと知った。

　困っていたときに手をさしのべてくれたその人はのちに恋人となり、いっしょにフランスに来て、やがて伴侶となった。そして現在は、ニーチェおすすめの気候のよい海辺の町ニースでともに暮らしている。「わたしが選ぶのは、どこへ行ってもほとばしる泉から水を汲むことができるような土地（たとえばニース、トリノ、シルス）だ。小さなコップが犬のようにわたしの供をしてくれる。『酒中真あり』といわれるが、わたしはここでも『真』という概念について世間一般と考えが合わないらしい――わたしの場合は、精神は水の上に漂うのだ」（手塚富雄訳）

海にいるとよく思い出す『この人を見よ』の一節である。今日もこれから海へ。いまではすっかり足腰も強くなり、ニーチェの愛したコート・ダジュールの砂浜をどこまでも歩いてゆけるようになった。

ニーチェは三十半ばで教職を辞してから発狂するまでの十年間、ずっと旅をしながら本を書いていた。面白いのは、彼の旅がオールドファッションのいわゆる漂泊ではなく、当時生まれつつあったリゾート地をわたり歩くといったカラフルな情緒を、病気療養のためとはいえ有していたことだ。ニーチェが港からすぐの場所に下宿を借りて、ニースですごした五年にわたるできごとをまとめたパトリック・モリエス『ニースのニーチェ』(原題〝Nietzsche à Nice〟)によると、ニーチェは土地の自然を愛しつつも、すでに大都市のきざしがあったこの町の騒音に辟易していたりもして、そんなところは、鉄道で行けるリゾートばかり選んでいるのだからあたりまえよね、と笑ってしまう。

またニーチェは、酒の中ではなく水の中にこそ真があるという。たしかに水は、飲み干した瞬間、あ、ここに本質がある、といった天啓を人にさずける力をもっているので、この言い分はうなずける。いってみれば、水のおいしさは、透明でさわやかだとか、口あたりや喉ごしがよいとか、こくやまろやかさがあるとか、土地の香りがするとかいった五感のうつわに収まるものではなく、第六感のうつわにおよんでいるのだ。北宋の蘇軾(そしょく)にこんな詩がある。

病中、祖塔院(そとういん)にあそぶ　蘇軾

紫は李(すもも)　黄は瓜　村の路(みち)はかぐわしく
黒い紗(しゃ)の帽子に白い葛の道衣がすずしい
田舎の寺の門をとざし　松の影がすっかりうごいても
風の軒端(のきば)で枕にもたれ　旅のうたたねはなおもつづく
病気で手に入れた暇もそう悪くない
のんきにすごすのがいちばんの薬だ

病中遊祖塔院

紫李黄瓜村路香
烏紗白葛道衣涼
閉門野寺松陰転
欹枕風軒客夢長
因病得閑殊不悪
安心是薬更無方

寺のお坊さんが庭先の湧き水を惜しまないので　道人不惜階前水
ひょうたんのうつわを借りて思いっきり飲んだ　借与匏樽自在嘗

「烏紗」は黒い冠帽で日本の烏帽子（えぼし）にあたり、羅（うすもの）、紗（しゃ）、絹、麻製などがある。「白葛道衣」は葛布で織った帷子（かたびら）。糸というより細いひもに近い粗野な葛糸は、自然素材の中では群を抜いて光沢感と透明感があり、それを織り上げた葛布は目にとても涼しい。「安心は是（こ）れ薬。更に方無（てだて）し」（安心にまさる薬はない）はいまや格言ともいえる一句。「道人」は、ここでは仏道の修行者のこと。「匏樽」はひょうたんを縦割りにしてくりぬいたうつわである。

　この詩を書いたころの蘇軾は体調が悪くて仕事を休み、病気療養を理由に祖塔院という寺に滞在していたのだけれど、この寺は中国で一番おいしいと評判の水があることで知られ、それがおしまいの描写に生かされている。水をごくごく飲むという動作によって、万物の始原とたわむれる歓喜が描き出されるようすは読んでいて気分がいい。またこの詩には、ゆったりとした夏のひとときが、さまざまな対句でもって彩られているけれど、読んだときに少しも窮屈な印象を受けない。蘇軾という人は、ともすると厚塗りの化粧になりがちな漢詩の技巧を、さりげない素顔に仕上げるのが天才的にうまいのである。

池間里代子「蘇軾作品にみえる飲食形容表現について」によると、ほかの詩人とは比較にならないくらい、蘇軾には飲み水の描写が多いそうだ。たまに唐詩と宋詩との質の違いを「唐詩は酒、宋詩は茶」と形容することがあるけれど、蘇軾の趣味はそれよりさらに一歩きわまっているようである。お茶といえば実はこの祖塔院、虎跑泉（こほう）という水が湧くことから虎跑寺ともいわれ、現在でも杭州（こうしゅう）随一の観光地になっている。巷（ちまた）の話によれば、ここの水は表面張力が強く、うつわになみなみとそそいでも二、三ミリも盛りあがるそうで、この虎跑泉で地元の特産品である龍井（ロンジン）茶を淹（い）れるのが、茶の世界では最高の贅沢（ぜいたく）らしい。

いまでもニースは、ニーチェがいたころと、ほとんど雰囲気が変わらない。ただしいくつかきわだった変化はあって、そのひとつが、彼が来る日も来る日も散歩したマセナ通りの広場に、緑地公園がもうひとつ造園されたことだ。新しくできた公園は、一二八本の噴水と九六〇個の噴霧口が、天然の玄武岩を敷きつめた地面に埋め込まれていて、木の林に囲まれた水の林や霧のあいまを縫うようにして人びとが行き交っている。

そしてもうひとつが、公園の出入り口付近にウォーターサーバーが設置されたことである。清らかな山の水を利用した冷たいウォーターサーバーは無料で、ふつうの水と炭酸入りの水と、ふたつの給水口がついている。そこに子どもたちが群がり、給水口からほとばしる水をペットボトルに汲んでは競い合うようにして飲み出すと、夏が到来した合図だ。

犬を供にするみたいに小さなコップをたずさえて、街中を歩きまわったニーチェ。療養先の庭でひょうたんのうつわを借りた蘇軾。もしも彼らがこのウォーターサーバーを見たらいったいどんな顔をするだろう——そんなことを空想しながら、海の散歩の帰りしな、わたしはこの公園を通り抜けた。そして水の林のあわい、水鏡となった玄武岩の地面の上で、ぴちぴちとはしゃぐ水着すがたの子どもたちとすれちがった

とき、あ、水の真理って、つまりこの世界の若さと軟らかさに触れる感触なんだわ、
と悟った。

貝塚のガラクタたち

よその国の人から、つまるところ俳句の真髄（エッセンス）とはなんですか、と折にふれ質問されるのだけれど、そのたびに、はっと驚き、うろたえ、もごもごしている。

これは直感的戦術としてのもごもごだ。わたしは「ふうん。このもごもごするしか能のない人が俳句を書いているのか」とがっかりしてもらうことが、こういう場面ではすごく大事なんじゃないかと思っているのである。

どうして大事なのかと聞かれたら、直感だから「さあ」としかいいようがない。ただ、もごもごする以外どんな態度がありうるだろう、と首をかしげるばかりである。

ちなみに、こういうときの受け答えでなによりも嫌いなのは、長い伝統だの、深い歴史だの、豊かな諷詠だのと家柄自慢の釣書みたいなことを語ったり、わざわざ俳句に日本文化の血統書をぶら下げたりするような説明の仕方だ。家族を、伝統を、祖国を捨て、遠い異郷に逃げざるをえなかった人びとが山のようにいるこの世界で、いま会話している者もまたそうした「もたざる者」であるかもしれないこの日常で、自分の日々享受する文化資本の話をなんの気なしにはじめられる人間は頭がどうかしている、と思う。でも伝統詩の世界には、まれにこういう人がいないわけではない。

　俳句の真髄は知らないわたしも、いいところならば答えられる。それは長さ、深さ、豊かさといった世間で幅を利かせる価値とはまったくあべこべの領域で本領を発揮できるところ。はかなさ、うたかた、つかのま、を大事にするところ。そして言葉が入らないくらい小さいところ。死すべき存在であるわたしたちが、ここにまだ見える世界を、あるいはもう見えない世界をうたいたいと願っても、長い詩なんて書いていたら書きおわる前に死ぬかもしれない。いやかならず死んでしまう。そこでむかしの人は短く書くことを思いついた。できるだけ短く。ときに言葉の意味も捨てて。伝えることもやめて。そして俳句はなにも盛らないうつわになった。なにも盛らないうつわ――それは幸せのまったき具現であり、悲しみのまったき具現であり、怒りのまったき具現である。そしてまた、からっぽであることに軽々と耐えうる、俳句のエキセントリックな素顔でもあるのだ。

あとこれは俳句に限らないけれど、伝統的詩形には、むかしの記憶をいまによみがえらせ、新たな文脈へとつなぐ考古学的楽しさがある。書くばかりでなく読むのもそうで、たとえばわたしにとって漢詩を翻訳してみることは、貝塚みたいな古道具市でよくわからない謎のガラクタを購入するあそびと変わらない。露店でながめているだけだと半信半疑のものを、思い切って家に持ち帰り、ごしごし洗って、わあ、やっぱり掘り出し物だったよ、となるとすごくうれしい。この業界、ハズレも多いけれど、歴史が長いだけあって掘り出し物もまた多いのだ。

そんな距離感であそんでいるから、あまりにも高名な菅原道真（すがわらのみちざね）の漢詩などは気後れして、いささか近寄りがたく思うことも、かつてはあった。わあ、と声をあげたくなるくらいきれいにできているのに、きれいすぎて複製品っぽく感じてしまったり、どうしてこんなに暗いのよ、ちょっとめそめそしすぎじゃないの、なんて不満を抱いてしまったり。はじめに出会った詩との相性が悪かったのだろうか。ともあれ、そんなわたしが道真と仲良くなれたのは、彼が讃岐に国司として左遷された時期の漢詩を読んだのがきっかけだった。

寒早十首（その二）　菅原道真

どんな人に寒さはいち早くおとずれるのか
寒さが早いのは　よそから逃げてきた人だ
税からのがれようとしたよそ者は
かえって苦労を招く身となった
三尺の鹿のかわごろもは　ぼろぼろで
一間のかたつむりの家には　なにもない
子を背負い　妻の手を引いて
あっちこっちを物乞いしてまわる

寒早十首（其二）

何人寒気早
寒早浪来人
欲避逋租客
還為招責身
鹿裘三尺弊
蝸舎一間貧
負子兼提婦
行々乞与頻

寒早十首（その十）

どんな人に寒さはいち早くおとずれるのか
寒さが早いのは　柴(しば)や薪(たきぎ)をとる人だ
楽に暮らせるあてもなく
重いものをかついではこぶ日々
山の巌(いわお)に雲のかかる険しい岨路(そばみち)を行き
割れた甕(かめ)の口を窓にした貧しい家に帰る
買い叩かれ　家計はきびしく
妻と子は飢えて病気ばかりする

寒早十首（其十）

何人寒気早
寒早採樵人
未得閑居計
常為重担身
雲巌行処険
甕牖入時貧
賤売家難給
妻孥餓病頻

「寒早十首」は、道真が讃岐の府内を巡視した折の印象を五言律詩にまとめた連作で、境遇、職業、身分などの異なる十人の極貧にあえぐ人びとをとりあげ、地方の実態をつぶさに描いている。登場するのは逃亡先から還った人、よそから流れて来た人、年老いた寡夫、孤児、薬草園の人、馬子、舟子、漁師、潮汲み、きこりで、各詩とも「何人寒気早／寒早〇〇人」（誰に寒さは早く来る？／寒さは〇〇人に早く来る）という問答形式のイントロではじまり、偶数行の最終字が「人・身・貧・頻」の韻を踏む。この韻はつなげて読むと「人の身の貧しきこと頻り」（人民はいつも貧しい）となる。なんと胸に重いベースラインなのだろう。貧しい家の窓が、割れた甕の口を壁に埋めこんでつくられていたことなど、わたしは道真の詩を読むまで知らなかった。

加藤周一『日本文学史序説』によれば、庶民の飢えと寒さをうたった詩人は、山上憶良「貧窮問答歌」以後、平安時代を通してただ道真がいるばかりだという。ただし憶良の作品は、王梵志「貧窮実可憐」や束晳「貧家賦」をはじめ、数々の漢籍をたくみに翻案し、リアリズムではなくコンセプトとしての貧困を描いており、しかもほぼ農民にのみ光をあてているから、そうなると、さまざまな民衆をほんとうに観察したといえる詩人は道真だけともいえる。中国の漢詩と比べると、これはかなり衝撃的な事実だ。わたしは道真が華麗な修辞にとどまろうとせず、血と涙の匂いのする詩をつむぐ傑出した書き手になったのは、都落ちして遠い異郷の地で生活した経験によるところが実に大きかったと思う。むろんなんの非もない都落ちだったから、本人にとっては不幸でしかないのだけれど。

ところで「寒早十首」の冒頭「何人寒気早／寒早〇〇人」は、白居易（はくきょい）が元稹（げんしん）の詩に和した「和春深」の冒頭「何処春深好／春深〇〇家」の体裁にならっている。

春の深きに和す二十首　その十二　白居易

何処（どこ）だろう　春の深まりが好ましいのは
春の深まる漁師の家
松の入江では　月が棹（さお）のあとを追い
桃の岸辺では　花が舟に散りかかる
軽く舵（かじ）を切って　餌を投げこみ
リールを回して　糸を巻きとる

和春深二十首　其十二

何処春深好
春深漁父家
松湾随棹月
桃浦落船花
投餌移軽楫
牽綸転小車

蘆(あし)の茂みがかすかに鳴って　　蕭蕭蘆葉裏
風がおこると　釣り糸が斜めになった　　風起釣糸斜

白居易の二十景も、富貴家、貧賤家、執政家、学士家、隠士家、痛飲家、妓女家など、さまざまな境遇の人びとが描かれているのだけれど、個人的には痛飲家がぐっとくる。たしかにこれは春の深まる季節以外にないだろう。

ファッションと柳

ファッションはどこに住むかによって変わる。たとえ洋服に興味がなくても、パリとタヒチとサンクトペテルブルクで同じ格好をする人はまれだろうし、洋服が好きならなおのことそうだろう。土地の空気に敬意を払い、進んでそこに感性を寄せてゆくのが吉という意味で、ファッションは料理とよく似ている。

経験的にいって、ファッションの中でもっとも使いまわしのきかないアイテムは靴である。パリにいたころは学生っぽい格好ばかりしていたので、ＪＭウェストンのローファーを色違いで揃(そろ)え、つま先とかかとをスチールチップで補強し、夏でも涼しい日は履いていた。慣れると歩きやすいうえに足がほっそりとして見え、靴底を三、四回張り替えるほど重宝していたのだけれど、もしこれを夏のニースで履いたらびっくりされてしまうだろう。

コート・ダジュールに立体的な靴は似合わない。明るい海辺には、断然足をおおわない、もしくはやわらかく平面的な靴がいいのだ。イタリア製のレザーサンダルから土産物店のラバーサンダルまで、ぺったんこだったらなおのこと風流である。ただしわたし自身はぺったんこの靴で歩くのが苦手で、はじめこそ粋がってキオスクで買ったスポンジ草履で海岸の遊歩道を闊歩(かっぽ)していたものの、足の裏が痛くていまではミドルミュールのサンダルでお茶を濁している。

ミディ・ピレネーにあるトゥールーズは、これといって目新しさのない、雑誌からそのまま出てきたような着こなしが多かった。ローカリティを欠くファッションは芯が弱く見えがちだが、ここの住民はそこそこおしゃれで退屈させられることはなかった。広場のカフェに陣どり、うすべに色の煉瓦(れんが)に囲まれた路地をながめつつ、道ゆく人びとの足元を見比べては、この土地にぴったりなのはフェミニンなルイヒール(ルイ十四世は、フランス人の主張によると、それまで実用品だったハイヒールをはじめてファッションとして履いた強者である）かもしれないな、などと雑念にふけるのも楽しかった。

ちなみにわたしは、せっかくこの地に住むのだから郷に従おうと思い、ピレネーの村でつくった、かかとの高いエスパドリーユをよく履いていた。エスパドリーユはピレネーのバスク地方に起源をもつ靴で、全体が帆布でできている。靴底は、むかしはエスパルトというイネ科の植物を使用していたが、いまはジュート繊維の縄をとぐろに巻いて靴底のかたちにする。自作する人もいるくらいシンプルなつくりで、足元から夏を演出できるのがいい。フランスはあちらこちらから文化を輸入してはフランスっぽくアレンジしてきたけれど、エスパドリーユはベレー帽とならんで、バスク発祥の二大フレンチモードといえるだろう。

さらに北ノルマンディーにあるル・アーヴルはどうかというと、あそこは絶対に黒いゴム長靴をおすすめしたい。ル・アーヴルに住み出したころ、手はじめに近所のスーパーを見にゆくと、海鮮売り場の氷の上に盛られた鰯（いわし）のわきに家庭用ハンガーラックがあり、トレンチコートとゴム長靴がずらりと掛かっていて、ん、これなんだろうと思ったらまさかの売り物だった。つまりそのくらい長靴だと都合のよい天気の日が多いのである。あとル・アーヴルはエーグル愛好率が高い。ここで白状すると、わたしはこの地に住むまでエーグルを野暮ったいと思っていたクチなのだが、潮の荒々しい辺境の港町で、凶暴な鷗のわななきを背にして身にまとうそれは——はい、たしかに本来エーグルは農作業用です。けれども——意外にも渋くて最高なのだった。そんなわけで、わたしはすみやかにエーグル派に改宗し、ゴアテックスのトレンチコート、乗馬ふうの長いラバーブーツ、また短いレザーブーツを揃え、ニースに来てからも雨の日になると使用している。

こんなふうに、ファッションというのはきわめて土着的なもので、けっしてインターナショナルではありえない。ただしそうはいっても、ふところぐあいとか、収納の都合とか、生活には諸事情がつきものだから、手もちのものはなるべく使いまわしたいというのが本音だ。それに、ひとつのアイテムから多彩なコーディネートを発想するのは純粋に快感でもある。

さて、ひとつのアイテムから多彩なコーディネートを発想した漢詩といえば、植木玉厓(ぎょくがい)が半可山人(はんかさんじん)という筆名で書いた狂詩にこんなものがある。

柳をうたう　半可山人

島原　出口に垂れ
浅草　筋違(すじかい)に接す
行李(こうり)　ただただ密に編み
楊枝(ようじ)　ますます細く削る
幽霊　火を燃やし出て
蝙蝠(こうもり)　竿(さお)を払って飛ぶ
清水　流れなお在り
西行　去って帰らず

詠柳

島原垂出口
浅草接筋違
行李縫偏密
楊枝削更微
幽霊燃火出
蝙蝠払竿飛
清水流猶在
西行去不帰

植木玉厓は御家人で、江戸後期の狂詩第一人者。この人の作品は当時の中でもとりわけ平仄押韻が正しかったそうだが、それだけでなく表現もわかりやすい。右の訳も第三・四句以外は読み下し文そのままである。

この詩は柳をモチーフにしたいろんな使いまわしを一句ごとに披露しているのだけれど、狂詩というスタイルを完全に着こなした感がある。とにかく見せ方が巧みで、コレクションのランウェイをながめているみたいだ。

第一・二句は地理としての柳。はじめの「島原」は京都の遊里で、出口の柳が目印だった。「出口の柳」は遊女の恋と義理のつらさを主題とした地歌の曲名にもなっているから、当時の人はみな知っていたのだろう。次は江戸の光景で、岡本綺堂『半七捕物帳　柳原堤の女』の書き出しによると「やなぎ原の堤が切りくずされたのは明治七、八年の頃だと思います。今でも柳原河岸の名は残っていて、神田川の岸には型ばかりの柳が植えてあるようですが、江戸時代には筋違橋から浅草橋までおよそ十町のあいだに高い堤が続いていて、それには大きい柳が植え付けてありましたから、春さきの眺めはなかなかよかったものです」とのことだ。

第三・四句は道具としての柳。「行李」は枝や蔓を編んだ物入れ。「楊枝」は爪楊枝ではなく房楊枝の方で、柳の枝を細く削り、その先端を煮て叩いてやわらかくし、ほぐしてふさふさの繊維にした歯ブラシである。古代のインドで使用されていたのが中国経由で日本に定着したそうで、歯磨き粉とともに商品として定着したのは江戸の中期だった。これはほんとうかどうかは知らないが、柳を噛むと虫歯の痛みが止まるらしい。

第五・六句は演出としての柳。柳の下で青火が燃えていたら、それは幽霊が出る予兆だし、柳の下で竿を振りまわしていれば、それは蝙蝠を捕らえる光景である。

第七・八句は古典としての柳。清水はいまも流れ、西行は還らぬ人となった——この内容が柳とどう関係しているのかというと、西行に〈道の辺に清水流るる柳かげしばしとてこそ立ちどまりつれ〉という歌があり、これが謡曲「遊行柳」にも出てくるため柳といえば西行なのだ。この結び、無常観への変奏が回り舞台のようにあざやかで、おお、きれいに落ちたエンディングだね、と思う。

それはそうと、今年の夏の靴は、これまでとはがらりと趣向を変えてアディダスのサンダルにした。またそれに合わせて、ステラ・マッカートニーの黒いビキニと黄色い浮き輪、それからビーチボールも買った。このいでたちで日焼け止めのいらない夕暮れの海に下り、浜で涼みながら夕食を囲むムスリムの家族たちにまじってのんびりしたり、人の少ない朝の海で泳いだりするのが、さいきんの日常だ。

旅行の約束

つぎの土曜日あそびにいらっしゃい、とマリーが言った。

さいきんマリーは八十五歳になった。手品を習ったり、油絵を描いたり、朗読をしたりと毎日いそがしい。じゃあわたし、レモンケーキを焼いてゆくので、そのつもりでいてね、と約束する。

土曜日の正午、曲がりくねった丘の道をバスで上り、ランタナの生垣に囲まれ、死せるがごとくに鎧戸（よろいど）をとざしたマリーの自宅をおとずれた。マリーはねまきのような、くたくたの白いワンピースでわたしを出迎えてくれた。実はこれからテーブルをつくるの。居間でくつろいでいてね。ビズを交わし、手土産のレモンケーキを受けとりながらマリーは言ったが、もちろんそんなわけにはいかない。わたしはマリーのあとを追って台所に入り、指示を仰ぎながら、カトラリー、グラス、パンかごと順に居間のテーブルにならべてゆく。テーブルの上の硝子(ガラス)の花瓶には、たっぷりと黄水仙が生けられている。壁にはにぶく光ったクローム製の額縁が三架。砂漠の写真だ。

「きれい。これ、どこの砂漠?」

「アルジェリア。わたしの住んでたとこ」

「へえ!」

「むかしの話よ。結婚と同時に向こうにわたって、なにもかもが印象的で、戦争のときは大変だったけれど、また行ってみたいの。若かった日々をすごした風景の中にもういちどわが身をおきたくて」

芯をはさんだ蜜蠟(みつろう)のかけらを硝子のうつわに入れて火をつけると、甘い香りがひかえめに立ちのぼった。テーブルができたのを見て、マリーは鎧戸をひらいた。アーモンドの花霞(はながすみ)が中庭にひろがっている。急にまぶしくなったのか、マリーは目をしばたき、飾り棚の抽斗(ひきだし)から目薬をとりだした。

八十五歳の女性からこのように言われた場合、どのように返答するのが正しいのだろうか。わたしは、たぶん正解ではないなと予想しつつ、

「きっと変わってないわ。かならず当時の面影が見つかると思う」

と軽く力んでみた。するとマリーはにやりとして、

「ごめん。わたしは思い出よりもあこがれの方が好きなの」

と、頰をつたう透明な液体をハンカチでぬぐいながら言った。「つまり、どのくらい変貌したかしらと空想して楽しんでるわけ」

思い出よりもあこがれの方が好き。これは登山家ガストン・レビュファの名言で、古いフランス人ならたいてい知っている。

「そっか。砂漠以外はきっとずいぶん変わっただろうね」

「砂漠だって毎日変わるわよ。海みたいに」

「そんなに?」

「変わる変わる。こんどほんとうにいっしょに行きましょう」

前菜のサラダを台所からはこびおえると、わたしたちは席についた。そして水差し

の水をグラスにそそぎ、パンをちぎりながら、マリーが若かったころのアルジェリアの話をきいた。窓の外ではうっとりとしたアーモンドの花霞をさらに眠たくするような喉声で、くるる、くるる、とジュズカケバトが啼いている。

一八七二（明治五）年、仏跡参拝と、フランス、イタリア、イギリス、アメリカといった西洋諸国の視察におもむく東本願寺の欧州視察随行員として、フランスの郵船ゴダベリイ号に乗り、横浜港を出航した成島柳北は、はじめてその目でみた異国の印象をこんなふうに書いた。

（サイゴン）　成島柳北

夜の熱が寝ぐるしく　　夜熱侵人夢易醒
浅い夢よりめざめると　　白沙青草満前汀
白い砂と青い草とが　　故園応是霜降節

驚看蛮蛍大似星

水ぎわにひろがっていた
ふるさとはちょうどいま
霜のふるころだろう
驚きみる異郷のほたるは
星よりも大きかった

西洋旅行記「航西日乗」にあるサイゴン停泊時の一首だ。はじめての異国に対し、素直に目をひらいたような雰囲気がいい。柳北は自分よりも先にサイゴンをおとずれた先人たちの文章を読んでいたから、その風物について頭では知っていたはずである。それでもやはり抑えがたい驚きを感じたのだろう、先人にはなかった臨場感でもってそのようすを描いた。

明治初頭に書かれた西洋見聞記はいろいろとあるけれど、この「航西日乗」はとりわけ文学性に富み、のちに森鷗外が「航西日記」を書いた折、タイトルや叙述のスタイルを真似したことはよく知られている。

（地中海）　成島柳北

客舟忽入大濤間
凜々朔風吹裂顔
千古誰呼地中海
四辺杳渺不看山

にわかに客船が
おおきな波間に入った
凜（りん）とした北風が
顔に当たってひりひりする
いったい太古の誰だろう
ここを地中の海と呼んだのは
あたりは無限にひろがり
山ひとつ見あたらない

完成したばかりのスエズ運河をゆっくりと通過してきたせいで、柳北には地中海がとても大きく感じられたようだ。あと「地中海」に「地に埋もれた海」のイメージを抱いていたようだけれど、もともとラテン語 mediterraneus は大地 terra の真ん中 medius で、世界の中心というニュアンスらしい。

「今日はお招きありがとう」

「こちらこそ楽しかったわ、また月曜に会いましょう」

「ええ。また月曜に」

ランタナの生垣に囲まれたマリーの自宅を出たわたしはバスに乗り、曲がりくねった丘の道を下ってゆく。美術館の紙袋を提げ、おしゃべりしながら坂を下りてゆく学生の一群、アパルトマンのベランダでお茶を飲みつつ本を読む女性、宅配用ピザを背負ったレストランの店員、ロードバイクにまたがり坂を上ってくるトレーニング中の選手——どこにもふしぎなところのない、いつもどおりの日常がバスの窓の向こうに流れていった。これと同じような日常を、明日もわたしはながめることだろう。わたしは明日が待ち遠しかった。思い出よりも、ずっとみずみずしい明日の風景。マリーの語った北アフリカの空想が染みわたり、わたしの心は水を含んだように明るくなっていた。

バスがある地点まで来たとき、椰子(やし)の林がとぎれた。

一面オレンジ色をした南仏の甍(いらか)の波の向こうに、浅い夕日の斜めにさした、青い地中海がひろがった。

この海の向こうにアルジェリアの街並みがある。

とつぜん胸がつまった。あこがれとはなんとすばらしいものだろう、と心がふるえたのだ。

わたしの祖国

あるとき海で、見ず知らずの老人が、あなたの祖国は詩なのですね、といきなり話しかけてきたことがあった。

ええっとたじろぎ、まごまごしていると、だってあなた、いつもここで詩を口ずさんでいるじゃないですか、と老人が笑う。

「これ、幼いころからの習慣なんです」

「ほう。いったいどんな詩を」

「だいたい古いものですね」

「なるほど」

「はあ」

「あなたを見ているとね、トリュフォー『華氏451』のラストシーンを思い出しますよ」

なんと。そんなにも憑かれたように諳んじていたのか、わたしは。

聞くと老人も詩が好きなのだそうだ。なにより詩は覚えやすく、病めるときも貧しいときもいっしょにいられるのがいい。そう語ると、老人はポケットから名刺を出し、またここでお話しましょうと去っていった。

ひとり残されたわたしは手わたされた名刺に視線を落とした。パスカル・ゴンタール。その上に小さな文字で「教授」と書いてある。ほんとかしら。老人は白髪を短く刈り込み、襟まわりに硝子玉を刺した薄紫のムスリム風アンサンブルをまとい、極細のひもを自前でつけたらしいジョン・ガリアーノの革財布をたすきにかけて、すねのあらわな素足には端を裁ちっぱなしにした革サンダルを履いていた。こんなファッショニスタなよそおいは、「教授」には無理じゃないかと思うのだけれど。いったいなんの「教授」なのだろう？

ゴンタールさんとは、あれからちょくちょく顔を合わせるようになった。さいきん会ったのは、海岸の岩肌にチョークで絵を描いていた日だ。代赭(たいしゃ)色の岩肌に波の線を引き、檸檬(レモン)のかたちをしたくらげをうかべ、さらに椰子(やし)ふうの海藻を描いていたら、素足に革のローファーで、蝙蝠(こうもり)みたいに幅のひろがったバミューダを穿(は)いたゴンタールさんが、ふんふんと機嫌よさそうに近づいてきて、

「ほら」

と、青空を指さした。

「あそこにたくさん鳥がいる。ぜひあれも描いてください」

わたしは空を見る。が、鳥は一羽もいない。

「見えないかな。ほら」わたしの肩に手をまわすと、ゴンタールさんは空のようすを実況しはじめた。「みんな、パラグライダーの真似をしているでしょう」

「よく見える目ですね」

「年の功ですよ」

ゴンタールさんは言った。小さな子どもに教えるように。わたしは思った。もし

かするとゴンタールさんは、ひとりであそんでいるわたしが孤独にみえて、放っておけないのだろうか、と。

生きていると、いろんなことが移り変わる。移り変わるという摂理には、いいこともあるし、またそうでないこともあって、たとえば子どものころのあそびを年老いてなお楽しめるとしたら、それはたぐいまれな幸福の部類に入るだろう。

楽しみを書く　陸游（りくゆう）　書適

この老人は七十も近いのに　老翁垂七十
じっさいはまるで子どもだ　其実似童児
山の木の実を泣いてほしがり　山果啼呼覓
鬼やらいの列に笑ってついてゆく　郷儺喜笑随
みんなとわいわい瓦の塔をつんだり　群嬉累瓦塔

ひとり庭の池に影をうつしてみたり　独立照盆池
そして小脇にはさんだぼろぼろの本をめくる　更挟残書読
まるで学校に入りたてのころのように　渾如上学時

いつもすてきな南宋の詩人、陸游の詩。人生の長い道を歩いてきた陸游が晩年にたどりついたのは、幼い日のように本を読むことだった。それは郷愁に身をゆだねつつ、まっさらだったころの感覚をくりかえし味わうあそびだ。本の中にひろがっている、忘れられた世界の素顔といくども出会い直すこと。そして世界を知る歓(よろこ)びとともに、夏の緑陰のような深い悲しみを、覚えた言葉の数だけはぐくむこと。

初夏、平水(へいすい)の道中をゆく　陸游　初夏行平水道中

人間は年をとると　楽しいことが少なくなる　老去人間楽事稀
一年はあっけなく　またしても春がおわった　一年容易又春帰

市場の橋ではつやつやとした蓴菜(じゅんさい)が籠にいっぱいで
村の店先ではまるまると太った莢豆(さやまめ)が皿に山盛りだ
水辺の風に林はそよぎ　鶯(うぐいす)は互いに鳴きかわし
野原を覆う草はかすみ　蝶と蝶とがたわむれる
郊外をあるくとうっすら汗ばむこの季節
しばし桐(きり)の木陰に立って着がえをしよう

市橋圧担蓴糸滑
村店堆盤豆莢肥
傍水風林鶯語語
満園煙草蝶飛飛
郊行已覚侵微暑
小立桐陰換夾衣

こちらの詩は、老境のつぶやきと初夏のまぶしさとがブレンドされて、少しせつない。「市橋」は市場のそばにかかる橋のこと。「圧」はかごいっぱいに荷が積まれているようす。「担」は天秤棒(てんびんぼう)。「盤」は平たい大皿のことだ。

ひとつの人生が暮れ方を迎えても、世界の表情は変わることなく、惜しみなき光を地上にそそいでいる。こんなことはとうぜんなのだけれど、そのあたりまえさにくりかえし気づいては、人はいくども季節をなすすべもなく見送るのだ。

陸游のことを忘れ、わたしは海を見つめた。そしてつかのま目をとじ、もういちどそれを見るために目をひらいた。いま見ているものはさっきまでの海ではなかった。そこにあった海はもうどこにも存在しない。光速で生まれ変わる世界にけっして人は追いつかない。かつてそこにあった海のまぼろしを見つめながらわたしはつぶやく。存在と消滅の法則とは、なぜこんなにもふしぎなのだろう?

⁂

夜、ふとんにもぐって『原民喜童話集』をひらく。静かな光と、淡い発泡水のような香気をたたえた掌編の中に、「屋根の上」という題の、樋にひっかかったまま放置された羽子がはじめて屋外で一夜をすごす話があった。「星の光はだんだん、はっきり見えて来ます。空がこんなに深いのを羽子は今はじめて知りました。一つ一つの星はみんな、それぞれ空の深いことを考えつづけているのでしょう。一つ二つ三つ四つ五つ……と、羽子は数を数えてゆきました。百、二千、三千、いくつ数えて行っても、まだ夜は明けませんでした。夜がこんなに長いということを羽子は今しみじみと知りました」

夜空をじっと見つめる羽子のきもち。

意味もわからぬまま、ただじっと詩の言葉を見つめていた幼い日を思い出す。

少し泣きたくなって、枕に顔をうずめる。

星の光が胸にあふれ、夢が、おとずれる。

おわりに

この本にはかくかくしかじかと語れるようなテーマがなく、ただ折々になんとなく思い出した詩がそのままならんでいます。

李白の作品がないのはたんなる偶然ですし、漱石の作品が三つも出てくるのもたまたまです。詩はタコと同じく生きものなので、テーマという枷(かせ)をはめて陳列すればたちまち精彩をうしなうに違いない。そう考え、詩を道具としてながめないよう心がけたところ、かくのごとく不揃(ふぞろ)いに仕上がった次第です。

また詩はタコと同じく自由と孤独が好きですが、詩を読む人びともまたそうだろうと思います。そこでわたしはこの本が読者を案内するものではなく、あくまで個人の覚え書きにすぎないことが伝わるように「漢詩の手帖」という傍題をつけることにしました。案内せず、干渉せず、ただ放っておくこと——それはタコがわたしに教えてくれた、あらんかぎりの他者へのもてなしです。

晩年の菅原道真の詩、「楽天が『北窓（ほくそう）の三友』の詩を読む」に、

詩友独留真死友　詩友は独りとどまる　まことの死友

という一句があります。これは北向きの書斎で、酒と琴と詩を三つの友として暮らしている白居易の詩を読んだ道真が、「同じ北窓の書斎にありながら、わたしには詩しかない。詩こそわたしが死ぬまで連れ添う真の友だ」とのきもちを書いたものです。詩友は独りとどまる、まことの死友——このとき太宰府で幽居生活を強いられていた道真には、誇張ではなく、ほんとうに詩しか残されていませんでした。

そしてまた道真には遠くおよばぬながら、わたしにとっての詩も、笑顔を分かち合う愉快な友であるとともに、抱きしめると涙があふれる切実な友でもあります。

この本を書くにあたって、青くひろびろとした海へとわたしを導いてくれた先学たちの業績に感謝します。わたしが素手と素足を櫂として、この身ひとつで未知の世界を航海していられたのは、過去の文字の一言一句をもゆるがせにせず日々研究を重ねてきた彼らの情熱のおかげでした。

小津夜景

二〇二〇年九月二十六日

本書に登場するおもな詩人たち

＊五十音順

新井白石（一六五七年～一七二五年）

日本・江戸時代中期の学者、政治家、漢詩人。江戸出身。名は君美（きみよし、とも）。通称は勘解由。号は白石。木下順庵に入門、朱子学を学ぶ。六代将軍家宣および七代将軍家継に仕えて幕政を補佐し、朝鮮通信使の待遇簡素化、貨幣改鋳などに尽力。吉宗が八代将軍になるとともに政界をしりぞき、以後は学問・著述に専念。『西洋紀聞』『読史余論』『折たく柴の記』『白石詩草』他。

植木玉厓（一七八一年～一八三九年）

日本・江戸時代後期の御家人、漢詩人、狂詩作者。江戸出身。本姓は福原。名は飛、巽、晃。字は子健、居晦。通称は八三郎。狂号は半可山人。別号に鑾峰、桂里。儒者福原灞水の弟。昌平黌に学び、古賀精里、野村篁園らと交わる。終生狂詩を作りつづけたこと、また平仄押韻の正しさなどから狂詩史上の第一人者と称せられることもある。『忠臣蔵狂詩集』『半可山人詩鈔』他。

王国維（一八七七年～一九二七年）

清末～民国の文学者、歴史学者。海寧（浙江省）の人。字は静安。号は観堂。初期はドイツ哲学を学び、それに基づいて中国古典の再評価を行う。一九〇〇年から一九〇一年にかけて日本に留学。辛亥革命時は家族を伴い羅振玉にしたがって日本へ亡命。京都に住み、甲骨金石文の研究解読で画期的な業績を残した。帰国後は教職についたが、清朝の前途を悲観して入水自殺。『紅楼夢評論』『人間詞話』『宋元戯曲考』他。

韓愈（七六八年～八二四年）

中唐の文学者、思想家、政治家。南陽（河南省）の人。

字は退之。号は昌黎。諡は文公。散文では対句を基調とする六朝風の華麗な駢文に反対し、自由な表現を重んじる文体改革を提唱した。詩では白居易とともに「韓白」と称され、当時の代表的詩人であった。思想家としては儒教を尊重し、仏教、道教を排撃した。『昌黎先生集』

木下梅庵（?年～?年）

日本・江戸時代後期の狂詩作者。初姓は福田。名は建。字は成美、伯美、立夫。通称は健蔵。別号に方外道人。本業は医師。江戸神田に住む。風流洒脱を好み、市井の風俗人情を千姿百態に描く狂詩で名をあげた。医学書に『碧水堂医話』『本草経験方攷』『本朝水腫方』、詩集に『茶菓詩』『江戸名物詩』『干菓詩』他。

桑原広田麻呂（?年～八四七年）

日本・平安時代の貴族、官人。氏姓は桑原公だったが八二二年都宿禰に改める。八二一年から八二九年まで太政官の少外記を務める。通称は桑広田。漢詩は嵯峨天皇勅撰『文華秀麗集』にみえる。

幸徳秋水（一八七一年～一九一一年）

日本・明治時代のジャーナリスト、社会主義者。高知県出身。名は伝次郎。号は秋水。中江兆民の門下。「中央新聞」「万朝報」の記者から出発し、一九〇一（明治三十四）年、片山潜らと社会民主党を結成。日露戦争時は堺利彦と「平民新聞」を創刊し反戦論を展開した。のち渡米し、帰国後アナーキズムを主張。大逆事件で検挙、首謀者とみなされて処刑された。『廿世紀之怪物帝国主義』『社会主義神髄』他。

島田忠臣（八二八年～八九二年）

日本・平安時代前期の貴族、詩人。号は田達音。島田清田の孫。菅原道真の岳父。少外記、大宰少弐、典薬頭などを歴任。はやくからその詩才が認められ、渤海国使の接待にあたる。中国六朝時代の詩人や唐代の白居易の影響を受けた自由で平明な述懐詩が多い。『田氏家集』

徐志摩（一八九七年～一九三一年）

中国の詩人、散文家。海寧（浙江省）の人。名は章垿。北京大学卒業後、米英に留学、政治、経済、文学を学ぶ。帰国後は北京大学、清華大学などの教授を歴任し、また胡適、聞一多らと新月社を設立、革命文学派と対立しつつ口語による詩作をおこない、中国の詩の近代化に尽くしたが、飛行機事故により死去。『志摩的詩』『翡冷翠的一夜』『猛虎集』

菅原道真（八四五年～九〇三年）

日本・平安時代前期の貴族、学者、漢詩人。字は三。通称は菅家、菅公。是善の子。宇多天皇の信任が厚く、八九四年遣唐使に任ぜられたが献言してこれを廃止。九〇一年藤原時平の中傷により大宰権帥に左遷され、太宰府で没した。学問・書・詩文にすぐれ、後世、天満天神として全国的に信仰される。詩文集に『菅家文草』『菅家後集』、編著に『日本三代実録』『類聚国史』。

蘇軾（一〇三七年?～一一〇一年）

北宋の文人、書家。眉山（四川省）の人。字は子瞻。号は東坡。唐宋八家の一人。父蘇洵、弟蘇轍と合わせて「三蘇」と称される。王安石の新法に反対して左遷、諸州を回ったのち海南島に流罪、六十六歳で大陸への帰還が許されるも帰途に病没した。詞・書・画にもすぐれ、書家としては宋の四大家の一人で「黄州寒食詩巻」が残る。『東坡七集』

杜甫（七一二年～七七〇年）

盛唐の詩人。襄陽（湖北省）の人。鞏県（河南省）生まれ。字は子美。号は少陵。遠祖は晋の杜預。祖父は杜審言。二十歳の頃より各地を放浪し李白らと親交を結ぶ。中年には安禄山の乱に遭って幽閉されるなど波乱の生涯を送った。後世、元稹にその詩を発見され、王安石・蘇軾らによって「詩聖」と称揚されるに至った。中国最大の詩人として李白とならんで「李杜」とも称される。『杜工部集』

夏目漱石（なつめそうせき）　（一八六七年～一九一六年）

日本・明治時代の小説家、評論家、英文学者。江戸出身。名は金之助。号は漱石。少年時は漢詩文に親しみ、大学予備門で正岡子規を知って俳句を学ぶ。英国留学からの帰国後は一高と東大の教壇に立ったが、『吾輩は猫である』の成功を機に創作に専念することを決意、朝日新聞の専属作家となった。森鷗外とならぶ日本近代文学の巨匠とされる。『三四郎』『それから』『門』『こゝろ』『明暗』他。

成島柳北（なるしまりゅうほく）　（一八三七年～一八八四年）

日本・幕末～明治時代初期の御家人、漢詩人、新聞記者、随筆家。江戸出身。名は惟弘（これひろ）。通称は甲子太郎（きねたろう）（これたろう、かしたろう、とも）。別号に何有仙史など。十六歳で儒者の家を継ぎ、十四代将軍家茂の侍講となり、幕末には騎兵頭（きへいがしら）、外国奉行、会計副総裁として活躍。維新後は野に下って欧米を遊歴、一八七四年朝野新聞社長となり、文明批評を展開した。また詩文雑誌『花月新誌』を創刊主宰。『柳橋新誌』『柳北詩鈔』他。

白居易（はくきょい）　（七七二年～八四六年）

中唐の詩人。太原（山西省）の人。下邽（陝西省）生まれ。字は楽天。号は香山居士。諡は文公。五歳より詩作を学び、二十八歳で進士となったが、激しい権力闘争を避けて官吏を引退、晩年は「酔吟先生」と号し、詩と酒と琴を三友として暮らす。詩風は平易明快で民衆にひろく受け入れられた。また詩文集『白氏文集』は存命中に日本に伝来し、平安以後の日本文学に大きな影響を与えた。

原采蘋（はらさいひん）　（一七九八年～一八五九年）

日本・江戸時代後期の詩人。筑前出身。名は猷（みち）。号は采蘋、別号に霞窓（かそう）。父は筑前秋月藩の儒官原古処。少女時代から詩文・書を能くし、単身で遊歴しつつ菅茶山、頼山陽、梁川星巌らと交遊、江戸などで私塾をひらいた。江馬細香・梁川紅蘭らとならぶ江戸後期の女性漢詩人の代表的人物。男装の詩人としても知られる。『采蘋詩集』『東遊日記』『東遊漫草』『西遊日歴』『有煒楼詩稿』他。

藤原忠通（一〇九七年～一一六四年）

日本・平安時代後期の公卿。通称は法性寺殿。忠実の長男。白河法皇に罷免された父にかわり、関白、摂政、左大臣、太政大臣などを歴任。鳥羽院政で復権した父と権力をあらそい、保元の乱の一因をつくった。能筆家で法性寺流をひらき、詩歌にもすぐれる。漢詩集『法性寺関白御集』、家集『田多民治集』、日記『法性寺関白記』。

源　順（九一一年～九八三年）

日本・平安時代中期の歌人、文人、学者。嵯峨源氏、挙の子。三十六歌仙の一人。和漢の才にすぐれ、二十代にして日本最初の百科的辞書『和名類聚抄』を著した。また梨壺の五人の一人として『後撰和歌集』を撰進し、『万葉集』の訓釈にあたった。家集『源順集』には双六盤歌、碁盤歌、沓冠歌など高度に言語遊戯的な作がみられる。漢詩文は『扶桑集』『本朝文粋』などに散見。

楊静亭（？年～？年）

清の詩人。通州（北京市通県）の人。字は静亭。名は一説に士安。清代後期の一八四五年、北京の風俗を題材とする随筆集『都門紀略』および竹枝詞集『都門雑詠』を刊行。都会の風景を生き生きと描いた。

陸游（一一二五年～一二〇九年？）

南宋の詩人。山陰（浙江省）の人。字は務観。号は放翁。南宋第一の詩人として、北宋の蘇軾とならび称される。古今第一の多作家としても知られ約一万首が現存。憂国詩人であるとともに、自然や田園生活を愛情をもってうたう田園詩人でもあった。四川省（蜀）へ家族とともに赴任する際の、五ヵ月余の船旅を綴った日記『入蜀記』は紀行文学の傑作とされる。散文『渭南文集』、漢詩『剣南詩稿』。

李賀（七九一年～八一七年）

中唐の詩人。昌谷（河南省）の人。字は長吉。官職名から李奉礼、出身地から李昌谷とも呼ばれる。十代にして韓愈に詩才を認められ、推薦を得て進士を目指したものの、才を妬む者たちに受験を阻まれ官途を断念した。『楚辞』の影響を受けつつ超現実的で色彩感覚の豊かな詩を書き、二十六歳で夭折。後世「鬼才」と評された。『李賀歌詩編』

李商隠（八一二年～八五八年）

晩唐の詩人。懐州河内（河南省）の人。字は義山。号は玉谿生、樊南生。また獺祭魚とも呼ばれる。精巧な形式美をもつ律詩で知られ、多彩な典故を駆使して、暗示と象徴とに彩られた唯美的世界を築き上げた。またその詩風は、宋初の詩人たちにこぞって模倣され西崑体の祖となった。『樊南文集』『玉谿生詩』『李義山文集』

李清照（一〇八四年～一一五五年？）

北宋末期～南宋初期の詩人。済南（山東省）の人。号は易安居士。父は『洛陽名園記』の著者李格非。母は宰相王珪の娘。夫は金石学者趙明誠。詩文書画に秀でた才女で、特に韻文の一ジャンルである詞にすぐれ、宋の大家の一人に数えられる。夫の金石文の採集、整理・校勘に協力して『金石録』を完成させた。北宋の滅亡の混乱期に夫に死なれ、江南地方を流浪する。詞集『漱玉詞』。

良寛（一七五八年～一八三一年）

日本・江戸時代後期の禅僧、歌人、書家。越後出身。本名は山本栄蔵、のち文孝。字は曲。号は大愚。十七歳で出家、二十二歳で備中円通寺の国仙和尚に師事したのち諸国を行脚。四十歳をすぎて帰郷、国上山の五合庵などに住み、托鉢をしながら農民や子供らと交わり脱俗的な一生を送った。『蓮の露』（貞心尼編）、『草堂詩集』他。

●おもな参考文献

『改訂新版　世界大百科事典』平凡社、二〇一四年
『日本大百科全書』小学館、一九九四年
『日本国語大辞典』小学館、二〇〇〇年～二〇〇二年
『デジタル大辞泉』松村明監修、小学館、二〇一二年
『国史大辞典』吉川弘文館、一九七九年～一九九七年
『漢詩名句辞典』鎌田正・米山寅太郎著、大修館書店、一九八〇年
『岩波 世界人名大辞典』岩波書店、二〇一三年
『日本古典作者事典』川野正博、二〇一九年（電子資料、第五次改訂版）

漢詩出典

＊本書で訳した漢詩文の出典は掲載順で以下のとおり。
＊中国語資料の表記は日本語の漢字に置き換えた。

「乙酉正月廿三日、発郷」原采蘋　『江戸漢詩選 第三巻「女流」』福島理子注、一九九五年、岩波書店

「苦昼短」李賀　『李賀詩選』黒川洋一編、一九九三年、岩波書店（岩波文庫）

「槐葉冷淘」杜甫　『杜甫全詩訳注（四）』下定雅弘・松原明編、二〇一六年、講談社（講談社学術文庫）

「再別康橋」徐志摩　『徐志摩全集1 詩集』一九八八年、上海書店〔中国〕　＊原典にあるカンマ、ピリオド、コロン、セミコロンは割愛した。

「詞牌　好事近　寂寞」李清照　『魅惑の詞人　李清照』原田憲雄著、二〇〇一年、朋友書店　＊以下も参照した。
Jiaosheng Wang, *The Complete Ci-Poems of Li Qingzhao: A New English Translation*, 1989, University of Pennsylvania（SINO-PLATONIC PAPERS 14）

「見蜘蛛作糸」島田忠臣　『王朝漢詩選』小島憲之編、一九八七年、岩波書店（岩波文庫）

「賦覆盆子」藤原忠通　同前

「冷然院各賦一物得水中影応製」桑原広田麻呂　同前

「夢微之」白居易　『白氏文集 十二 上』岡村繁著、二〇一〇年、明治書院（新釈漢文大系）

「蕎麦麺」新井白石　『新井白石全集 第五巻』一九七七年、国書刊行会

「重賦画障詩」藤原忠通　『王朝漢詩選』小島憲之編、一九八七年、岩波書店（岩波文庫）

「菜花黄」夏目漱石　『漱石詩注』吉川幸次郎著、二〇〇二年、岩波書店（岩波文庫）

「天真的預言」徐志摩　『給孩子的詩』龔勛編、二〇一七年、北京日報出版社〔中国〕

「詠白」源順　『王朝漢詩選』小島憲之編、一九八七年、岩波書店（岩波文庫）

「観幻」白居易　『白氏文集 九』岡村繁著、二〇〇五年、明治書院（新釈漢文大系）

「帰途口号（其一）」夏目漱石　『漱石詩注』吉川幸次郎著、二〇〇二年、岩波書店（岩波文庫）

「無題（山居日日恰相同……）」夏目漱石	同前
「（包得餛飩味勝常……）」楊静亭	『中国名詩選』井波律子著、二〇一八年、岩波書店（岩波現代文庫）
「獄中書感」幸徳秋水	『幸徳秋水全集 第八巻』幸徳秋水全集編集委員会編、一九八二年、明治文献資料刊行会
「重陽日府衙小飲」菅原道真	『菅家文草 菅家後集』川口久雄校注、一九六六年、岩波書店（日本古典文学大系）
「竹村最中月」方外道人	『江戸名物詩』方外道人著、一九八三年、太平書屋（太平文庫）
「鈴木兵庫菊一煎餅」方外道人	同前
「（我生何処来……）」良寛	『良寛詩集』入矢義高訳注、二〇〇六年、平凡社（東洋文庫）
「（孰謂我詩詩……）」良寛	同前
「春夜」蘇軾	『中国名詩選（下）』松枝茂夫編、一九八六年、岩波書店（岩波文庫）
「盆池　其五」韓愈	『新編 中国名詩選（中）』川合康三編訳、二〇一五年、岩波書店（岩波文庫）
「初夏幽荘」原采蘋	『江戸漢詩選 第三巻「女流」』福島理子注、一九九五年、岩波書店
「書古書中故紙」王国維	『王国維全集』謝維揚・房鑫亮編、二〇〇九年、浙江教育出版社〔中国〕
「照鏡」島田忠臣	『王朝漢詩選』小島憲之編、一九八七年、岩波書店（岩波文庫）
「無題四首　其二」李商隠	『中国名詩選（下）』松枝茂夫編、一九八六年、岩波書店（岩波文庫）
「病中遊祖塔院」蘇軾	『蘇東坡詩選』小川環樹・山本和義選訳、一九七五年、岩波書店（岩波文庫）
「寒早十首（其二）」菅原道真	『菅家文草 菅家後集』川口久雄校注、一九六六年、岩波書店（日本古典文学大系）
「寒早十首（其十）」菅原道真	同前
「和春深二十首　其十二」白居易	『白楽天詩選（下）』川合康三訳注、二〇一一年、岩波書店（岩波文庫）
「詠柳」半可山人	『太平楽府他 江戸狂詩の世界』日野龍夫・高橋圭一編、一九九一年、平凡社（東洋文庫）
「（夜熱侵人夢易醒……）」成島柳北	『幕末維新パリ見聞記――成島柳北「航西日乗」・栗本鋤雲「暁窓追録」』井田進也校注、二〇〇九年、岩波書店（岩波文庫）
「（客舟忽入大濤間……）」成島柳北	同前
「書適」陸游	『中国名詩選（下）』松枝茂夫編、一九八六年、岩波書店（岩波文庫）
「初夏行平水道中」陸游	『宋詩選注3』銭鍾書著、宋代詩文研究会訳注、二〇〇四年、平凡社（東洋文庫）

初出

＊いずれも大幅な改稿あり。以下に記載のないものは書き下ろし。

いつかたこぶねになる日　「週刊俳句」二〇一八年十月二十一日号（原題同じ）

釣りと同じようにすばらしいこと　「ウラハイ」二〇一九年三月九日号（原題「釣りと同じように素晴らしいこと」）

虹をたずねる舟　「ウラハイ」二〇一八年十二月十五日号（原題「居場所」）

とりのすくものす　「ウラハイ」二〇一九年二月二日号（原題「巣」）

タヌキのごちそう　「ウラハイ」二〇一九年九月二十八日号（原題「タヌキとササキさん」）

あなたとあそぶゆめをみた　「ウラハイ」二〇一九年六月二十二日号（原題「砂の絵よりも」）

空気草履と蕎麦　「ウラハイ」二〇一九年八月十七日号（原題「空気草履」）

はだかであること　「ウラハイ」二〇一九年二月十六日号（原題同じ）

愛すべき白たち　「眠りと配管」二〇二〇年、pabulum（原題同じ）

はじめに傷があった　「ウラハイ」二〇一九年六月二十九日号（原題「日々の泡」）

隠棲から遠く離れて　「ウラハイ」二〇一九年四月二十七日号（原題「お金の大切さについて」）

スープの味わい　「ウラハイ」二〇一八年十二月二十二日号（原題「バオバブ」）

イヴのできごと　「ウラハイ」二〇一八年十二月二十九日号（原題「アナキスト」）

海辺の雲と向かいあって　「ウラハイ」二〇一九年一月十二日号（原題「無駄」）

生まれかけの意味の中で　「ウラハイ」二〇一九年三月二十三日号（原題「母語の外で俳句を書くこと」）

紙ヒコーキの乗り方　「ウラハイ」二〇一九年十二月二十八日号（原題「紙ヒコーキに乗る」）

文字の消え去るところ　「ウラハイ」二〇一九年十月十二日号（原題「文字の泡」）

鏡とまぐわう瞳　「ウラハイ」二〇一九年八月十日号（原題「未来から来た人々」）

ひょうたんのうつわを借りて　「日本経済新聞」二〇一八年九月六日号（「読書日記」）

旅行の約束　「ウラハイ」二〇一九年七月六日号（原題「砂漠の約束」）

わたしの祖国　「日本経済新聞」二〇一八年九月十三日号（「読書日記」）

週刊俳句 http://weekly-haiku.blogspot.com

ウラハイ＝裏「週刊俳句」 http://hw02.blogspot.com

小津夜景（おづ・やけい）

一九七三年北海道生まれ。俳人。
二〇一三年「出アバラヤ記」で攝津幸彦賞準賞
二〇一七年『フラワーズ・カンフー』（二〇一六年、ふらんす堂）で田中裕明賞
二〇一八年『カモメの日の読書　漢詩と暮らす』（東京四季出版）
ブログ「小津夜景日記＊フラワーズ・カンフー」https://yakeiozu.blogspot.com

漢詩の手帖　いつかたこぶねになる日

2020年11月 5日　初版第1刷発行
2023年 6月 6日　初版第4刷発行

著者　小津夜景

発行者　北野太一

発行所　合同会社素粒社
〒184-0002
東京都小金井市梶野町1-2-36　KO-TO R-04
電話：0422-77-4020　FAX：042-633-0979
http://soryusha.co.jp/
info@soryusha.co.jp

装丁　北野亜弓（calamar）

装画　姫野はやみ

印刷・製本　創栄図書印刷株式会社

ISBN978-4-910413-00-6　C0095